달빛 조향사 2

가프 현대 판타지 소설

초판 1쇄 찍은 날 § 2021년 3월 24일
초판 1쇄 펴낸 날 § 2021년 3월 31일

지은이 § 가프
펴낸이 § 서경석

총괄팀장 § 노종아
편집책임 § 신나라
디자인 § 스튜디오 이너스

펴낸곳 § 도서출판 청어람
등록번호 § 제387-1999-000006호
등록일자 § 1999. 5. 31
어람번호 § 제1-3124호

주소 § 경기도 부천시 부일로 483번길 40 서경B/D 3F (우) 14640
전화 § 032-656-4452 팩스 § 032-656-4453
http://www.chungeoram.com
E-mail § chungeorambook@daum.net

ISBN 979-11-04-92326-5 04810
ISBN 979-11-04-92324-1 (세트)

청어람

가프
현대 판타지 소설

달빛
조향사 ②

MODERN FANTASTIC STORY

목차

제1장

—

A급 후각 증명II

"이거요."

당황하는 작은아버지 앞에 향수를 내밀었다.

"오늘 실습시간에 만든 시트러스 향수예요. 작은어머니 드리세요. 실습용이라 용기가 좀 허접한데 향은 괜찮아요."

"……."

"아휴, 우리 작은아버지, 넋이 반은 나가셨네. 저기 비글들 있던 자리에서 개 냄새 나니까 방향제 좀 뿌리세요. 예민한 환자들은 느낄 거거든요."

"……."

"그럼 저 가요."

강토가 돌아섰다.

탁.

문이 닫힐 때까지도 작은아버지의 정신 줄은 제자리에 돌아오지 않았다. 그 정신 줄은 간호사가 들어오고서야 강림을 했다.

"환자 받을까요?"

그녀가 물었다.

"응? 응……."

"아우, 개 냄새. 방향제 좀 뿌려야겠어요."

간호사가 코를 잡는다.

치잇.

작은아버지가 빨랐다. 강토가 주고 간 향수였다.

"어머."

간호사 눈빛이 휘둥그레진다.

"냄새 너무 좋다. 어디 거예요?"

간호사가 향에 녹는다.

작은아버지 역시 마찬가지였다. 향수 같은 것에 큰 관심이 없지만 이건 좀 달랐다.

치잇.

한 번 더 뿌렸다.

오렌지가 우수수 쏟아지는 기분이다.

'꿈을 꾸는 건 아니겠지?'

프랑스로 가기 전, 강토를 만났었다. 여행 비용을 조금 건네 주었다. 아무래도 조향사 꿈을 접어야 할 것 같다고 하던 강토였다. 그날 폭음을 했었다. 강토의 꿈을 지켜 주지 못한 자책이었다. 그런데 대반전이 일어났다. 후각의 기적에 더불어 기가 막힌 향수까지 들고 온 것이다.

게다가 폐암 진단까지?

'응? 폐암 진단?'

"하 샘, 나 암 센터 좀 다녀올게."

작은아버지가 밖으로 뛰었다. 자신의 진단에 문제가 있을 리 없었다. 강토 코는 normal이다. 아니, 비글 이상이었다. 그렇다면 그 지원자를 체크해야 했다.

"과장님, 향수 어디 거냐니까요?"

하 간호사의 말이 따라오지만 돌아보지 않았다.

그 시간, 강토는 암 병동에 있었다.

작은아버지가 근무하는 병원이라 내부는 익숙했다. 병실 번호만 봐도 어떤 암 환자가 있는지 알 수 있다. 폐암, 위암, 간암, 유방암… 병실을 지나며, 오가는 환자를 보며 냄새 각인에 나선다. 생각지도 않게 시작한 암 환자 냄새. 하지만 기왕 시작한 것이니 다 섭렵하고 싶었다.

마지막은 뇌암 병실이었다. 뇌종양 환자가 보호자와 나온다. 후각 속 기체색층분석기에 On 스위치를 넣는다. 병원 냄새는 다른 곳보다 진하다. 소독약과 복용 약물, 혈액, 체취, 식사 냄새 때문이다. 뇌종양 환자의 냄새는 폐암이나 위암보다 더 흐렸다. 그래도 정상인의 냄새와는 구분이 된다. 문제는 조금 더 집중해야 한다는 것뿐이었다.

암 환자들 냄새는 이렇구나.

잔뜩 고양되어 걷다가 머스크 향을 맡았다. 파킨슨 병동 앞이었다. 파킨슨 환자들은 머스크와 비슷한 냄새가 났다.

또 하나의 신세계를 만난 강토.

뇌의 변연계과 대뇌피질에 차곡차곡 입력해 두었다.

"이상 없대?"

강토가 병원에서 나오자 기다리고 있던 멤버들이 동시에 합창을 했다.

"아니, 조금 이상이 있기는 하대."

"진짜?"

바로 울상이 되는 멤버들.

"너무 좋아서."

"뭐야?"

"아오, 진짜… 깜놀했잖아?"

상미와 다인의 손바닥이 애정 어린 난타를 퍼부었다.

"야, 아프잖아?"

"아파도 싸다. 싸."

준서가 혀를 찼다. 그 표정에도 애정은 차고 넘쳤다.

"이모, 고추장갈비 일단 5인분요."

맛집으로 소문난 고추장갈비집에서 준서가 오더를 냈다. 학교 근처에서는 제일 잘나가는 집이다. 그래도 예전보다는 손님이 많이 줄었다. 2년 전에는 줄까지 설 정도였다.

"으아, 냄새 죽인다."

준서가 침을 흘린다. 매콤한 고추장 타는 냄새에 돼지기름이 섞인 고소함이 참을 수 없는 식탐을 부르고 있었다.

"오빠, 무리하는 거 아니야? 3인분으로 시작하지."

다인이 준서를 챙긴다. 얻어먹는 거라고 주머니 벗기는 매녀는 아닌 다인이었다.

"야, 아까 교수님 말 못 들었냐? 오늘 우리 스터디가 사실상 1등이라잖아? 완전 역사적인 날이라고."

준서가 목청을 높였다.

"맞아. 아, 우리 스터디에도 이런 날이 오다니……."

상미도 몸서리를 친다.

"이러다 우리 스터디 전원 인턴 가게 되는 거 아니야?"

다인의 희망이 무럭무럭 자란다.

"우리는 몰라도 강토는 가야지."

준서가 못을 박는다.

"왜들 그래? 사람 얼굴 뜨겁게……."

"그건 불판 때문이고."

상미가 숯불을 가리킨다. 그러고 보니 이글거리는 숯불도 오렌지 빛깔처럼 보였다.

그때 뒤쪽 테이블에서 반갑지 않은 소리가 들려왔다.

"오늘 고기 맛 좀 이상하지 않아?"

"내 입맛은 괜찮은 거 같은데?"

"그래? 난 좀 시큼한 편인데."

"술 때문인가? 오늘 술맛도 별로고… 2차나 가자."

손님들이 일어서는 것과 동시에 고추장갈비가 도착했다. 서빙 아줌마가 집게로 고깃덩어리를 집어 드는 순간, 강토가 그 서빙을 막았다.

"왜요?"

아줌마가 짜증스러운 반응을 보인다.

"고기가……."

"고기가 왜요?"

"생고기 맞아요?"

"당연하죠. 저기 써 붙인 거 안 보여요? 우리는 그날그날 도축한 고기만 써요."

아줌마가 벽의 메뉴를 가리켰다.

「그날 공수 양심 생고기 전문」.

여기저기 사선으로 붙인 홍보 문구가 또렷했다.

"그런데 왜 오래된 냄새가 나죠? 이거 최소한 3일 이상 방치된 거 같아요."

"뭐라고요?"

아줌마의 목소리가 튀었다.

"강토야."

준서가 강토를 제지한다. 많은 사람들이 믿고 오는 맛집이었다. 게다가 고기는 아직 맛을 본 것도 아니었다.

"냄새 맡아 봐. 신선하지도 않은 데다 청주하고 소주 냄새도 나잖아?"

"진짜?"

다인이 후각의 날을 세운다.

"아니, 이 학생들이… 먹을 거예요, 말 거예요?"

"먹어요. 하지만 이거 말고 진짜 생고기를 주세요."

"지금 남의 영업 방해하러 왔나? 안 먹을 거면 나가요."

소란이 커졌다. 카운터에서 돈을 세던 주인이 달려왔다.

"고기 시비?"

주인 눈에 쌍도끼가 뜬다.

"어이, 보아하니 괜한 시비 걸어서 공짜로 얻어먹을 속셈들인가 본데 나가, 경찰에 신고하기 전에."

주인이 폭풍 기세를 올린다.

"속셈이라뇨? 무슨 말을 그렇게 합니까? 그리고 이 친구 후각은 보통이 아니에요. 뭔가 이상하니까 이상하다는 건데 떳떳하면 고기 바꿔 주면 되는 거 아닙니까?"

준서가 맞섰다. 강토를 믿었으니 이런 윽박지름에 꿀릴 준서가 아니었다.

"뭐야? 이것들이 진짜 영업 방해하러 왔네? 진짜 경찰 불러?"

"부르세요."

강토 목소리에 날이 섰다.

"그래서 이 갈비 검사 좀 받아 보자고요. 단언컨대 이 갈비는 생고기가 아닙니다. 재워 놓은 지 적어도 3일은 지났다고요."

"뭐야?"

"시큼털털한 냄새 보면 몰라요? 소주를 부었는지 술 냄새에, 고기 색깔도 삭은 적색으로 표시가 나잖습니까?"

"야, 소주는 냄새 제거를 위해 넣은 거야."

"농도가 다릅니다. 이건 아주 쏟아부었어요. 제가 화학 전공이라 학교 가면 성분분석 가능한데 분석해 드려요?"

성분분석.

화학 전공.

"……."

두 단어에 주인 눈매가 흔들렸다.

"아, 이 친구들 진짜… 따라와요. 내가 직접 확인시켜 줄 테니까."

주인이 강토를 끌었다. 그를 따라 주방으로 들어섰다.

그러자.

"거 코 한번 기똥차네. 미안하게 됐습니다."

급반전의 사과가 나왔다.

"생고기 아니죠?"

"요 며칠 새 장사가 너무 안 됐어요. 고기가 많이 남다 보니 아줌마들이 나한테 잘 보인답시고 폐기할 고기를 소주에 빨아서 낸 모양입니다. 오늘 고깃값은 안 받을 테니 이해 좀 해 주세요. 이놈의 생고기가 보통 관리가 어려운 게 아닙니다."

"이제야 인정하시네요?"

"워낙 코가 정확하니… 게다가 성분분석 어쩌고……."

"됐습니다. 우린 다른 데로 갑니다. 대신 장사 이렇게 하지 마세요. 양심 생고기라면서요?"

"……."

뻘쭘해하는 주인을 두고 돌아섰다.

"뭐래?"

기다리고 있던 준서가 물었다.

강토의 대답은 핸드폰에서 흘러나왔다.

「요 며칠 새 장사가 너무 안 됐어요. 아줌마들이 나한테 잘 보인답시고 폐기할 고기를 소주에 빨아서 낸 모양입니다. 오늘 고깃값은 안 받을 테니 이해 좀 해 주세요.」

녹음이었다.

"으아, 이 개뻔뻔……."

다인이 흥분을 한다.

"그거 인터넷에 공개하자. 저런 인간은 본때를 보여줘야 해."

준서 의견이 나왔다. 강토가 고이 따랐다.

"주취향취."

다인이 건배사를 외쳤다. 술에 취하고 향에 취하자는 뜻이었다. 장소는 다른 곳으로 옮겼다. 돼지갈비 파는 곳이 그곳만 있는 것도 아니었다.

"물주 오빠에 후각 천재 강토가 있으니까 개든든하다. 자칫했으면 우리 상한 돼지고기 먹으면서 맛있다고 낄낄거리고 있을 거 아냐? 내일 눈 뜨면 응급실이고, 그렇지?"

다인이 상미를 돌아보았다.

"야, 나는 어떻게 그렇게 묶어 버리냐? 물주라니?"

준서가 울상이 된다.

"강토 앞에다 세웠으니까 돈이 최고라는 거잖아? 좋은 거야, 좋은 거."

다인이 급수습에 돌입한다. 잠깐 시비가 있었지만 멤버들 기분은 완전히 회복되어 있었다.

"강토야, 이 고기는 어때?"

상미가 묻는다.

"최소한 S급?"

"아오, 안심이다. 이제는 밖에서도 강토만 따라다녀야겠어."

"야, 언제는 같은 후맹끼리 묶었다고 불만 작렬하더니?"

다인이 팩트를 상기시킨다.

"이게 바로 고진감래라는 거다. 알았냐?"

"그건 인정."

"그럼 내 고진감래는 언제 오냐? 나 실습시간에 다인이 잔소리 듣느라고 10년은 더 늙은 거 같은데?"

준서가 엄살로 분위기를 맞춘다.

불고기 향을 따라 정다운 대화가 익어 간다.

맛깔스러운 향 속에 지난 풍경들이 피어난다. 평소의 실습 뒤풀이였다면 하소연과 좌절감이 단골 안주였을 것이다. 남들이 다 맡는 냄새를 못 맡는다는 거. 특히 자신이 만든 향수의 향마저도 감상할 수 없다는 비애…….

누구도 모르는 좌절감이었다.

그때는 돼지갈비 익는 냄새가 이렇게 풍후한 건지도 몰랐다. 소주에서 싸아한 향이 나는 것도 몰랐다. 모르던 것을 알게 되니 술맛도 좋았다.

상미는 무리를 했다.

지난번에 이어 거푸 주목을 받게 되니 기분이 좋은 모양이었다. 냉정히 말하면 주목받은 건 강토였다. 그럼에도 불구하고 뿌듯한 건 그녀도 작게나마 기여를 했기 때문이었다.

집으로 돌아왔다.

돌아오는 길에 체크하니 아까 공개한 비양심 생고기집이 엄청난 이슈가 되고 있었다.

—주인 양심이나 좀 빨아 써라.

—어쩐지 저 집 갈비 먹으면 술빨이 오르더니 소주로 빨아서 그렇구낭.

—♬♪♪아.

—사장 입에 한 10인분 처넣어야……ㅋ

—아직도 먹는 걸로 장난질이냐?

벌집을 쑤셨다.

주인 얼굴이 어떻게 변했을지 안 봐도 알 것 같았다.

할아버지는 거실 소파에서 자고 있었다. 나이를 먹으면서 할아버지는 초저녁잠이 많이 늘었다.

'그냥 눈 감고 있었던 거다.'

매번 그런 핑계를 대는 건 늙고 싶지 않다는 항명으로 들렸다.

양치를 두 번 하고 샤워를 마쳤다.

그런 다음에야 다락방에 입성했다.

화아.

어제보다 진한 장미 향이었다. 유지가 흡수한 장미 향이 포화를 향해 달리고 있었다. 뿌듯하다. 괜히 부자가 된 것 같았다. 아무리 봐도 조향은 강토의 천직이었다.

작은 테이블 위에 향수 하나를 꺼내 놓았다. 오는 길에 백화점에서 구한 알데히드의 갓떵작 화이트 리넨이었다. 그 옆에 샤넬 NO.5도 출석을 시켰다.

알데히드기는 단어의 끝에 −al이나 −nal이 붙는다.

화이트 리넨은 샤넬 NO.5와 함께 알데히드 특징 공부에 좋은 향수다. 동시에 오늘 실습한 레몬에 더불어 현재 강토가 만들고 있는 장미 에센스와도 연결이 되었다.

샤넬 NO.5의 마법 포인트는 알데히드다. 그중에서도 C10과 C11이다. 전자는 감귤이나 레몬에 가까운 과일 향이고 후자는 코코넛오일 향이나 불 꺼진 후의 양초 냄새에 가깝다. 즉, 짝수는 푸근한 과일 향이지만 홀수는 살짝 찝찝한 냄새를 풍긴다.

C10이 쓰인 건 탄소의 특성 때문이다. C7이나 C8등의 여덟 개 미만의 알데히드들은 냄새가 역겹다. 그러나 탄소가 8개 이상이 되면 얘기가 달라진다. 어네스트 보가 샤넬 NO.5의 마법을 부린 건 알데히드의 배치였다. 홀수는 하나만 사용하고 짝수를 매칭시킨 것이다. 신의 한 수다. 그 후로 이런 매칭은 하나의 신드롬이 되었다.

'큼큼.'

샤넬을 시향 한다. 강토 코로 들어간 향수는 모든 성분의 봉인을 풀었다. 홀수와 짝수의 냄새가 다 증명되었다. 화이트 리넨도 마찬가지였다.

알데히드는 표백제 같은 것에 불안정하다. 산을 만나면 분자 분해가 빨라진다. 그냥 넘어갈 강토가 아니었으니 표백제와 빙초산을 준비한다. 그 정도 재료는 얼마든지 있었다.

'흐음.'

창밖 손바닥만 한 베란다로 나와 간이 실험을 했다.

'알데히드……'

향수의 역사를 바꾼 합성 향이다. 알코올기로 치환하면 제라니올이 된다. 이 제라니올에서 이중결합을 제거하면 시트로넬롤이 되는데 레몬+장미의 향을 풍긴다. 알데히드가 오작교를 이어 견우와 직녀를 만나게 하는 까마귀들처럼 레몬과 장미를 결합시키는 것이다.

오른손으로는 샤넬을, 왼손으로는 화이트 리넨을 뿌렸다. 가만히 눈을 감으니 두 알데히드의 속삭임이 들렸다. 속삭임은 레몬 같기도 하고 장미 같기도 하다. 고개를 드니 가까운 서울타워의 불빛에도 어슴푸레한 향이 깃든 것만 같다.

향이 깃든 밤.

야경조차 이토록 향기로운 세상이었다.

제2장

―

판을 엎다

파일 카피.

강토의 느낌은 그것이었다.

열흘째 되는 날, 장미꽃을 올려놓은 포마드가 완성되었다. 장미 향을 고스란히 카피해 낸 것이다. 후각으로 판단컨대 더는 향을 흡수할 여지가 없었다.

담장의 리넨에 흡착된 장미 향도 그랬다. 약간의 잡내가 나지만 진하디진한 장미 향이 고스란히 옮겨 와 있었다.

블랑쉬는 몰라도 강토는 만족했다. 강토가 처음으로 만든 제대로 된 천연 장미 향이었다. 과연 앙플라쥐였으니 나름 완벽한 향의 흡수였다.

여과를 통해 찌꺼기를 걸러 냈다. 다음은 당연히 증류였다. 이 증류는 경기도 광주의 청동 전문 제작 회사에서 만들어 준 아담한 알람빅에게 맡겼다. 다락방에 알맞은 크기였으니 여차하면 야외의 꽃 군락이나 화원으로 들고 갈 수도 있었다. 알람빅에 대한 체크는 이미 마친 상태였다. 알코올과 정제수로 새 청동의 잡내까지도 말끔히 씻어 냈다.

화력 조절은 하나도 어렵지 않았다. 블랑쉬의 경험치는 알람빅을 보는 것만으로도 불길을 컨트롤해 냈다. 햇빛 향을 만들고 달빛 향을 만든다는 그가 아닌가?

두근.

동영상을 찍는 순간에도 가슴이 뛰었다. 마치 거대한 꽃의 벌판에서 처음으로 향수를 만드는 개척자의 심정이었다.

마침내 갈색 신성이 깃든 액체가 나온다. 작은 벌새의 눈물이 이럴까? 정말이지 애간장을 다 녹이고서야 한 방울이 맺히는 것이다.

총량은 1㎖도 되지 않는다. 초미량이지만 최상급의 에센스였다. 냄새를 맡자 도끼날처럼 코를 쪼고 들어온다. 머리가 세로로 이등분되는 기분이었다.

통증과 상관없이 사방으로 장미가 피어오른다.

좋았어.

천연 향의 위엄이다. 이 순간을 위해 며칠 동안 잠도 제대로 자지 않은 강토였다.

아주 좋았어.

기분은 에센스 이상으로 짜릿했다.

동영상을 마감하고 알람빅을 제자리로 놓았다.

후우.

심호흡과 함께 벽장을 열었다. 암색 시약병이 보인다. 스티커에 용연향이라는 글자와 알코올에 담근 날짜가 보였다. 시험 삼아 몇 조각을 뜨거운 알코올에 녹여 숙성시키던 중이었다.

호기심.

그것이었다.

말로만 듣던 용연향. 그 파워를 직접 확인하고 싶었다.

이 방법은 블랑쉬가 터득한 노하우였다. 당시에도 용연향의 수급은 원활하지 않았다. 그러다 보니 숙성된 용연향이 떨어질 때가 있었다. 알랑은 그런 사정 따위 고려하지 않았다. 어떻든 계약된 향수를 만들어야 하는 것이다.

블랑쉬는 알고 있었다. 용연향은 물에 녹지 않는다. 그러나 데운 알코올에서는 녹는다. 그걸 응용했다. 용연향을 가루 내어 데운 알코올을 부었다. 처음부터 한 번에 붓는 게 아니라 조금씩 며칠 동안 연속한다. 이른바 시간 차 숙성이다. 그렇게 하면 최상은 아니지만 용연향의 기능을 하기에 충분했다. 그 차이를 알아차릴 사람 역시 블랑쉬뿐이었다.

나머지는 일부를 남기고 최상급 알코올에 재워 두었다. 용연향은 알코올 속에서 최소 10년 이상 묵어야 SSS급으로 변한다. 오래 두면 둘수록 향은 더 좋아진다.

톱노트─오렌지 에센스, 로즈마리.
하트노트─장미, 패랭이꽃, 재스민 에센스.
베이스노트─온리 용연향.

테이블 위에 올려진 새 향수의 구성 목록이었다. 이 구성은 블랑쉬가 처음으로 제목을 붙인 향수의 제법에 가까웠다. 물론 빠진 게 있었다. 때죽나무의 수지, 카스카릴라 등은 구하지 못했다. 하지만 강토의 첫 작품으로 이 정도면 충분했다. 빈 재료의 허전한 곳을 메워 줄 후각과 능력치가 있는 것이다.

에센스 뚜껑을 열어 놓고 향 조율을 했다. 비율을 정하는 것이다. 그 결정이 끝나자 강토의 손은 피아니스트의 손처럼 우아하게 움직였다.

오늘의 주인공은 천연에서 얻은 장미 에센스였다. 하트노트로서, 조금 많겠다 싶은 양으로 투하를 했다. 함께 구성한 패랭이와 재스민은 장미를 띄우는 역할이었다.

오렌지와 로즈마리의 활력이 더해진다. 인상적이지만 이건 유혹에 불과하다.

이제 블렌딩의 마지막 과정이 남았다.

보통은 베이스노트—하트노트—톱노트의 순으로 넣는다. 하지만 오늘은 좀 달랐다.

'용연향……'

이것으로 마감을 하려는 것이다.

용연향은 향수의 화룡점정이다. 명작을 그렸어도 눈을 잘못 찍으면 소용이 없다. 베이스노트에 들어가는 향들의 특징이기도 했다.

그러나 용연향은 엄청난 정밀성을 요구한다. 포뮬러에 쓰이는 향료들을 아우를 수 있는 딱, 그만큼. 0.001g의 오차도 용서하지 않는 것이다.

향료 전체의 상태를 읽어 낸 강토의 손이 용연향 용액에 닿는 동시에 플라스크 안으로 떨어졌다.

사삿.

반응이 온다.

온몸으로 느껴진다.

용연향의 위엄이다.

부드럽지만 거침없는 압도감의 저 지배력. 향료의 분자들이 용연향의 위엄 속에서 맑아지고 진해지는 게 보였다. 에센스 안의 잡내는 정화되고 본래의 향은 더욱 깊어지는 것이다.

응담.

화상(畵商)이자 약재와 향신료 등을 취급하던 중국 상인 곽파오가 떠올랐다. 그는 진짜 응담을 가지고 있었다. 혼탁한 용액에 쓸개즙 한 방울을 떨구었다. 혼탁이 거짓말처럼 맑아졌다. 어린 강토의 눈에는 곽파오가 마법사로 보였다.

강토에게 친절했던 그는 그 쓸개즙을 강토에게 먹였다. 후각이 뚫릴 거라는 장담도 했었다. 만약 그때 후각이 열렸다면 강토는 그를 진짜 마법사로 기억했을지도 모른다.

'과연 용연향.'

과연 향의 제왕이었다.

후아.

가쁜 호흡과 함께 플라스크의 뚜껑을 닫았다.

플라스크 목을 잡고 가볍게 흔들었다.

교수에 따라서는 마그네틱 바를 이용해 믹싱하기도 한다. 하지만 강토는 이제 이 방법이 좋았다. 향은 티슈보다 부드럽다. 손목에 뿌려진 향을 문지르는 게 향수에 대한 만행이라면 마그네틱 바를 쓰는 것도 같은 이유가 될 것 같았다.

몸이 긴장하고 있었다. 엄밀히 말하면 첫 작품은 아니었다. 가열한 유지에서 얻은 장미 향으로 단일 노트 향수를 만들어 멤버들과 작은아버지에게 주었고, 라파엘 교수의 실습시간에도 시트러스 향수를 만들었다.

그러나 이 향수에는 의미가 있었다. 블랑쉬의 포퓰러에 가까운 재현. 게다가 용연향까지 동원한 작품이었다.

「천년후에」.

200년을 건너온 작품과 유사하니 새 이름을 지어 주었다.

블랑쉬의 200년은 마치 1,000년 같은 신비감을 뿜고 있었다.

사앗.

플라스크 허리는 잘도 돌아갔다.

사아아앗.

천사의 율동처럼 몇 분을 반복한다.

그런 다음에야 뚜껑을 열고 향수병에 따랐다. 30ml 10여 병이 나왔다. 플라스크 안에 남은 용액은 리넨에 떨어뜨렸다. 허공에 대고 세 번을 흔든 후에야 비로소 시향에 들어갔다. 블로터를 두고 굳이 리넨을 쓴 건 블랑쉬 스타일이었다. 그에 대한 예의였다.

"아하."

허파의 바람이 단숨에 빠져나갔다. 의지의 붕괴가 따로 없다. 상큼한 시트러스 뒤에 다가온 장미 향이 달빛처럼 찰랑거렸다.

사랑이다.

거역하기 힘든 센슈얼, 직관조차 사로잡는 관능이다.

심장에 사랑의 멜로디가 들어와 울리는 것 같았다. 농염하면서도 아찔한, 저 첫사랑에 설레던 밤을 불러오는 향이 나온 것이다.

한 병은 작은 베란다에 두었다. 블랑쉬에게의 헌정이었다. 냉장고에 넣어 두면 향이 더 좋아지겠지만 그에게는 질보다 향수 자체가 위로가 될 것 같았다.

"할아버지."

플라스크에서 마지막 한 방울까지 따라 낸 리넨을 들고 다락을 내려갔다.

"좋다."

리넨을 받아 든 할아버지는 리넨에 코를 박고 쓰러졌다.

"방 시인님."

학교에 가기 전, 큰 마당을 가진 방 시인에게 들렀다.

"이게 누구야? 윤 화백 손자?"

"이거 받으세요."

강토가 '천년후에' 한 병을 내밀었다.

"뭔데?"

"향수 만드는 데 꽃이 부족해서 담장 밖으로 나온 장미를 몇 송이 따 갔어요. 미리 자수합니다."

물론 거짓말이다. 향수를 주기 위한 구실을 만든 것이다. 하지만 방 시인의 담장 장미가 예쁜 건 사실이었다.

"세상에나, 그 집 남자들은 낭만적이네? 할아버지는 화가에 손자는 조향사?"

방 시인이 우아하게 웃는다. 미소가 아이리스를 닮았다. 참 맑게도 늙었다. 시인이라 그런지 기품도 있고 말투도 고왔다.

"학생이 직접 만든 거야?"

"네. 한번 뿌려 보세요."

"그럼 어디 실력 한번 볼까?"

치잇.

방 시인이 손목에 향을 뿌린다. 가만히 보니 손가락으로 두 번 톡톡 건드린다. 향수에 대한 조예도 있다. 여느 할머니들과는 격이 달랐다. 이러니 할아버지가 제대로 대시를 못 하고 변죽만 올리는 것 같았다.

"어머, 풋사랑의 설렘처럼 화사한 향… 너무 좋다."

"마음에 드세요?"

"이거 진짜 나 주는 거야?"

"그럼요. 여사님 담장의 장미도 들어갔다니까요. 대신 아직 덜 숙성되었으니 냉장고에 두어 달 넣어 두셨다가 쓰세요."

"고마워. 꽃 필요하면 또 말해. 우리 집 장미는 뒤뜰에 더 많아. 야생화도 있고."

방 시인이 아기자기한 정원을 가리킨다. 후각을 발동하자 많은 향들이 느껴졌다.

"제비꽃도 있네요?"

은은한 제비꽃 향이 인상 깊게 들어온다.

"홍화제비꽃일 거야. 남산제비꽃도 괜찮지만 작은 모란처럼 의젓하지. 볼래?"

"다음에요. 지금은 학교 가야 하거든요."

인사를 하고 골목을 돌아섰다. 산길에 핀 하얀 개오동이 보였다. 걸음을 멈추고 향을 맡아 본다. 작은 종소리처럼 은은

한 게 일품이다.

'저 꽃 에센스도 만들어야겠는걸?'

하고 싶은 게 너무 많아진다.

가벼운 걸음으로 지하철을 향해 걸었다. 향수를 직접 건네준 건 할아버지 때문이었다.

우리 할아버지.

매사에 열혈이다.

꼭 하나, 방 시인에 대한 대시만 제외하고.

할아버지 마음에는 아직도 어린 소년이 들어 있었다. 그렇기에 방 시인을 좋아하면서도 표현하지 못한다. 원래도 짐작했지만 립스틱을 보고 확신했다. 두 개는 책상 위에 그대로 있었다. 천년후에를 선보이며 마음을 떠보니 버벅거리신다. 화장실 간 사이에 상의 주머니를 체크했다. 다른 한 개는 거기 있었다. 선물을 하려고 들고 나가지만 쑥스러워 주지 못하는 것이다.

순정파시네.

그래서 한 단계를 건너뛰어 버렸다. 할아버지에게 주면 언제 방 시인 손에 들어갈지 모르니 강토가 직접 전달한 것이다. 할아버지와 방 시인은 종종 마주친다. 방 시인의 인사를 받게 되면 할아버지가 기회를 잡을 수 있을 것 같았다.

[향수 가져오는 거지?]

지하철에서 다인과 상미의 재촉 카톡을 받는다.

[특별 택배 배송 중.]

[기대, 기대.]

카카오 이모티콘들이 감정 표현을 하느라 스크린 위에서 열일을 한다.

학교의 첫 방문지는 라파엘 교수의 향수 연구소였다.

"윤강토?"

독특한 향료병을 닦던 라파엘이 고개를 들었다.

"바쁘시죠?"

"그래. 예멘을 다녀온 친구들이 골동품 향수들을 보내왔거든. 그중 하나가 한정판 뮤게 같네."

"……."

골동 향수.

강토 귀가 솔깃해진다. 코도 덩달아 촉을 세운다. 블랑쉬의 작품이 있을까 싶은 본능의 발동이다.

"용건이 있나?"

"제가 장미 향수를 하나 만들었는데 좀 보여 드리려고요."

"집에서?"

"예. 다마스세나 종을 골라서 유지로 향을 추출했는데 향이 좀 약하게 나온 것 같습니다."

"향을 직접 추출? 일단 책상에 두고 가게. 내가 지금 수업 준비까지 좀 바빠서 말이야."

"알겠습니다."

강토가 향수를 꺼내 놓았다.

라파엘은 친구에게 감사의 인사를 전한다.

"너무 고마워. 한국에서 멋진 향기를 찾으면 자네만을 위한 시그니처를 만들어 주겠네."

통화 중인 불어가 귀에 쏙쏙 꽂힌다.

연구소를 나왔다.

라파엘의 평을 들었으면 좋았겠지만 기회가 유보된 것뿐이었다.

다음은 이창길 교수였다. 그의 교수실은 '부재중' 표시가 되어 있었다. 이어지는 건물 끝에 유기화학 실습실이 보였다. 그 안에 하얀 가운을 입은 후배들이 바글거리고 있었다.

'응?'

강토 걸음이 멈춘다. 실험실에서 풍기는 특유의 화공약품 냄새 때문이었다.

'포마이커에… 국화 향?'

후각이 냄새 분자를 잡아챘다. 언젠가 유기화학 교수가 한 말이었다.

「화학 실험실은 낭만적인 곳이다. 잘 맡으면 국화 향도 나거든.」

국화 향.

완전 생뚱맞다고 생각했었다.

그래도 몇몇 학생들은 동의를 했었다. 그러나 강토에게는 먼 우주의 일. 그 냄새를 이제야 실감하는 것이다.

"강토야."

잔디밭의 상미가 온몸으로 강토를 부른다. 다인도 준서도 함께 있다.

"이거야?"

"와아."

향수를 건네주자 바로 시향에 들어간다.

치잇, 치잇, 치잇.

블로터가 허공에서 열일을 한다. 몸에 뿌리면 실습에서 주의를 받을 수 있으니 대안으로 가는 것이다.

"아하……."

"우아앙, 프레시 뿜뿜한 밸런스에 리치 뿜뿜한 센슈얼의 폭풍… 그러면서도 크리미한 설렘의 순수까지 있는 거 같아. 에로스의 화살을 맞은 기분인데?"

모두의 평을 종합한 상미의 감평. 전문가의 시향기처럼 빛이 반짝거린다.

"향 진짜 죽인다. 거의 네임드 뻘인데?"

멤버들의 다리가 후들거린다. 그 소감이나 반응은 립 서비스가 아니었다.

"저번 거보다도 훨 좋은 거 같아."

"그러게? 100% 천연 장미라 레벨이 달라. 후각세포 위에다 진짜 꽃밭을 만드는 것 같잖아?"

다인과 상미는 블로터에 코를 박고 있다.

"윤강토, 이것도 어코드 절대 비밀이냐?"

준서가 으름장을 놓는다.

"아니, 고기 얻어먹었으니까 공개할게."

강토가 메모를 돌렸다.

"재스민에 오렌지, 로즈마리까지는 느꼈는데 패랭이도 들어갔네? 게다가……."

"용—연—향?"

마지막은 합창으로 나왔다.

"다 좋은데 용연향까지는… 이건 구라지?"

준서가 물었다.

용연향.

조향의 조 자만 배워도 잊지 못하는 원료다. 그러나 잘 다듬어진 용연향은 냄새가 거의 없다. 학생 수준에서 감지할 수 있는 게 아니었다.

"구라 아님."

"말도 안 돼. 교수님들도 용연향 구하기 어렵다고 하던데 네가 어떻게?"

"그라스에서 기인이 주더라. 지구의 조향계를 이끌어 갈 동량이니 특별히 주는 거라며."

"죽을래?"

다인이 인상을 긁는다.

"아무튼 포뮬러 공개 끝."

강토가 멤버들 입을 막았다. 더 이상 설명할 재주도 없었다.

"강토야, 너 알바 한번 안 해 볼래?"

향수병에 꽂힌 준서가 엉뚱한 제의를 해 왔다. 이 제의가 강토에게 엄청난 사건이 될 줄은 준서도 강토도 모르는 일이었다.

"알바?"

"특별한 분을 위해 특별한 향수 만들기. 이 정도라면 네가 할 수도 있을 거 같은데."

준서의 제의는 장난이 아니었다.

*　　　*　　　*

라파엘이 실습실로 들어왔다. 학생들의 시선이 모아졌다. 보드 앞의 테이블에 비커를 내려놓는다. 안에는 향을 뿌린 블로터 수십 개가 들어 있었다.

"오늘 시간을 기다린 사람?"

라파엘이 묻자 학생들이 손을 들었다. 라파엘은 겸손하다. 괜한 허세나 권위 같은 것은 찾아볼 수 없었다.

"좋군요. 이래서 저도 여러분과 함께하는 실습이 기다려진다니까요."

라파엘이 실험대 앞으로 나온다. 그가 손을 펴자 꽃 한 송이가 나왔다.

장미였다.

"교정에 핀 것 중에서 하나를 가져왔습니다. 꽃에게는 미안하지만 교육을 위해 이해해 달라고 허락을 구했습니다."

"하핫."

학생들이 웃는다. 유럽에는 음유시인이라는 게 있다. 라파엘의 피에는 그런 DNA가 있는 것 같았다.

"지난 시간에는 시트러스였죠? 그중에서도 오렌지……."

학생들의 눈동자가 똘망해진다.

"시트러스는 매력적인 노트지만 그보다 더 매력적인 노트가 있죠. 바로 향수의 대표 플로럴입니다."

"……."

"물론 향수의 기원으로 가면 꽃보다는 우디나 애니멀 쪽이 많습니다. 한국으로 치면 백단향이나 사향 같은 것이 되겠죠. 하지만 근대 이후로는 뭐니 뭐니 해도 플로럴인 겁니다."

"……."

"플로럴의 양대 산맥에 장미와 재스민이 있습니다. 이 두 가지 아이템은 조향을 꿈꾸는 학생이라면 반드시 마스터하고 넘어가야 하는 노트들입니다."

"……."

"그래서 상큼한 재스민 향을 자랑하는 일랑일랑을 주제로 실습할까 했는데 이 장미가 내 마음에 새치기를 하고 들어왔습니다."

"……"

"지난번 아네모네에서 오신 전문가께서도 장미를 이슈로 실습했다고 하던데 다들 장미 공부는 열심히들 하고 있죠?"

"네."

학생들이 입을 모은다.

장미와 재스민을 빼먹을 학생들은 없었다. 조향에 있어 중요한 소재기도 했지만 향 또한 매혹적이기 때문이었다.

"장미는 백번을 강조해도 지나치지 않으니, 학생들에게는 기억력을 향상시키니 좋고 특히 여자들에게는 호르몬 균형을 유지하고 생리증후군 현상에도 도움을 주니 좋죠. 대부분의 여자들이 장미 향을 좋아하는 데는 향기 이외의 이유가 있는 겁니다."

"우와."

스터디 여기저기서 감탄이 터져 나온다.

"플로럴은 동시에 자연스러운 미소를 가꿔 줍니다. 듀센 미소라고 알죠? 지구상의 모든 사람들은 꽃을 보면 듀센 미소를 자아냅니다. 플로럴 중에서도 플로럴에 속하는 장미꽃, 오늘 실습 향수의 주제가 되겠습니다."

라파엘이 보드 앞으로 돌아왔다. 비커 속의 블로터를 집는다. 스터디마다 사람 숫자에 맞춰 하나씩 배분이 되었다. 강토네 옴니스도 블로터를 받아 들었다.

"……!"

시향을 하기도 전에 강토 표정이 석고처럼 굳어 버렸다.

'이것?'

"어머?"

"엇?"

다인과 준서의 표정도 굳는다.

"혹시?"

다인의 코가 최대 면적으로 열린다.

"강토야."

둘의 시선이 강토를 향했다. 후각이 무딘 상미는 그보다 조금 늦었다.

"……."

강토 시선은 라파엘에게 있었다. 그는 F5 앞에서 질문을 받고 있었다.

'뭐야?'

머리가 어지러웠다.

이 향은.

강토가 만든 「천년후에」.

조금 전에 라파엘에게 준 그 향수가 틀림없었다.

"이거 맞지?"

다인이 다시 묻는다.

끄덕.

고갯짓으로 답했다. 그때까지도 강토 시선은 라파엘에게 꽂혀 있었다.

"시향 끝났나요?"

라파엘이 물었다.

"네."

학생들이 합창을 했다.

"좋습니다. 그럼 스터디별로 의논해서 만들어 보세요. 저는 30분 후에 돌아옵니다."

라파엘이 실습실을 나갔다.

"장미지?"

"맞아, 장미 향이야."

"재스민 향도 나는 거 같아."

"베이스노트가 뭐지? 그냥 머스크 같지는 않은데?"

"향이 고급진 걸 보니 네임드 같아."

"누구 이런 향수 써 본 사람 없어?"

학생들의 의견이 중구난방으로 쏟아진다. 그래도 빠른 스터디는 벌써 제조에 돌입한다.

하지만.

강토네 옴니스는 누구 하나 움직이지 않았다.

"오빠, 쟤들 왜 저래?"

F5의 강은비가 중얼거렸다.

"밑천 바닥났나 보지."

장단은 남경수가 맞춘다.

"하긴 그럴 때도 됐지."

"이거 말이야, 장미가 하트노트 맞지?"

"틀림없어. 천연 장미 같아."

"다른 건? 오렌지에 로즈마리, 재스민까지는 알겠는데……."

"약간 스위티하고 은은한 느낌 말이지?"

"복숭아꽃일까? 아니면 아세틸 푸란?"

"캐러멜일 수도 있잖아?"

"알데히드도 있는 거 같아."

"애니멀스러운 향도 느껴져. 그렇다면 아세토 페논 아닐까? 오렌지 노트도 굉장히 깨끗하잖아?"

은비와 경수의 후각이 버닝한다.

"일단은 실험실 안의 에센스나 합성원료 목록부터 체크해 보자."

"알았어."

에이스 스터디답게 가닥을 제대로 잡는다. 개방된 진열장에 캐러멜과 아세틸 푸란이 있었다. 은비와 경수가 재빨리 선점하고 시향을 한다.

"미묘하게 다른데?"

"그럼 패랭이꽃 아닐까?"

은비가 다른 의견을 낸다.

"패랭이꽃?"

"저쪽 끝에 에센스 있는 거 봤어."

"가져와 봐."

경수가 말하자 다른 멤버가 움직였다.

"이거 같은데?"

시향을 한 경수 표정이 밝아졌다.

"복숭아 향도 포함시키자. 퍼티드셰리처럼 복숭아 향이 미량으로 들어갔을 수도 있어."

"좋아."

"미들까지는 된 거 같고 베이스는 뭘까?"

"머스크밖에 더 있겠어? 향이 오래가는 걸 보니 틀림없이 들어갔어. S급 퀄리티로."

F5의 레시피는 완성 직전까지 내달았다.

그때까지도 강토네 스터디는 멀뚱멀뚱이다.

'그럼 그렇지.'

경수가 회심의 미소를 짓는다. 예상도 못 했던 강토의 활약. 믿을 수도 믿지 않을 수도 없었다. 하지만 이제 알 것 같았다. 강토가 이론을 외워서 써먹은 게 기막히게 들어맞았다는 확신이 선 것이다.

"강토야……."

다인이 강토를 바라본다. 그녀 손에는 강토가 준 향수가 들려 있다. 강토도 그 향수를 바라본다.

대체.

대체 어떻게 된 일일까?

라파엘의 책상 위에 두고 나온 천년후에.

그 향이 실습 주제로 나왔다.

강토가 만든 것이니 모를 리 없었다.

라파엘은 무슨 생각을 하고 있는 걸까?

「장미, 로즈마리, 패랭이꽃, 재스민.」

이 소재는 실험실에 있었다. 그러나 용연향은 있을 리 없다. 그럼에도 과제로 내 버렸다. 똑같이 만들 수 없다. 강토에게도 예외는 아니었다.

돌아보니 없는 건 용연향만이 아니었다. 실습실에 비치된 장미 향료는 허접하다. 리터 단위로 사 온 실습용이니 말할 것도 없었다.

그렇다면.

"······?"

생각 끝에 머리에 불이 들어왔다. 이건 라파엘의 테스트였다. 불쑥 내밀고 간 강토의 향수. 돌발적인 상황하에서 어떤 향을 만들어 내는지 보려는 것 같았다.

"시작하자."

강토는 비로소 긴장을 풀었다. 어쨌든 부딪쳐야 할 일이었다.

멤버들이 움직였다. 레시피는 강토에게 들은 바였다. 그들이 찾지 못한 건 용연향뿐이었다.

'진짜 용연향 들어간 거냐?'

준서가 눈으로 묻고 있다.

'그렇다니까.'

강토도 눈으로 답했다.

"베이스노트는 뭘로 하지?"

다인의 질문은 살짝 돌아갔다.

그때 강토 후각이 반가운 냄새의 분자를 캐치했다. 강토가 일어섰다. 퍼퓸펜타 조의 멤버가 한 합성원료 냄새를 맡고 있었다.

「이소 E 슈퍼」.

매직으로 덧쓴 글씨가 선명하다.

강토 후각이 거기 꽂혔다.

지난번에는 보지 못한 합성원료. 요 며칠 사이에 새로 들어온 모양이었다.

'빙고.'

강토 표정이 환하게 퍼졌다.

「오렌지 에센스, 로즈마리 에센스, 장미 에센스, 패랭이꽃 에센스, 재스민 에센스, 이소 E 슈퍼, 에탄올, 정제수.」

옴니스의 테이블에도 레시피 아이템들이 준비되기 시작했다. 다른 스터디들은 다르다. 가용화제는 물론 보습제와 색소까지도 준비되었다. 인돌에 시벳, 알데히드는 물론 황색4호의 색소와 자외선차단제 에칠헥실살리실레이트를 넣는 스터디도 보였다.

향수에 웬 자외선차단제?

그럼 향수로도 자외선을 차단할 수 있다는 건가?

정답은 'No'다. 향수는 자외선을 차단하지 못한다. 그럼에도 이런 성분을 쓰는 건 자외선으로부터 향수의 색감을 지키려는 것이다. 이걸 변색방지제라고 부른다.

"시작?"

상미가 강토를 바라보았다.

아니.

강토가 고개를 저었다.

에센스 체크가 필요했다.

실습실의 에센스는 학생들이 사용한다. 많은 사람이 마구잡이로 쓰다 보니 관리가 쉽지 않다. 대다수의 에센스는 공기 중에 방치하면 냄새 분자가 날아간다. 때로는 오염도 일어난다. 그러니까 장미 에센스는 거의 무늬만 장미인 셈이었다. 훌쩍 수준이 높아진 강토에게는 그랬다. 첨가량 조절이 필요했으니 냄새 분자를 새로 분석했다.

패랭이꽃 에센스도 문제였다.

"초콜릿 향이 필요해."

추가 주문을 하는 강토였다. 초콜릿 향은 패랭이꽃의 향기를 돋보이게 한다. 첨가량을 올리는 것보다 그게 더 나을 것 같았다.

관건은 역시 용연향이었다. 조합하려는 향과 함께 대조하자니 고개가 저어진다. 이소 E 슈퍼는 우디와 레몬 향 계열이다. 오우드의 대용으로 만든 저렴한 향료다. 오우드는 때로 용연향에 비견된다. 동물성 향조를 갖춘 것이다. 처음에는 그럴듯했지만 이소 E 슈퍼는 실망스러웠다. 인도산 나무에서 뽑아낸 찐 향료라면 몰라도 이걸로는 용연향의 위엄을 대리하기 어려웠다.

현실적인 대안은 머스크였다.

"머스크 좀……"

다시 주문을 했다. 이번에는 다인이 머스크 향을 적셔 왔다.

강토 고개가 돌아갔다.

수준의 문제였다.

현재의 강토는 교수가 내주는 레시피대로 블렌딩하고 감격하던 그 강토가 아니었다. 게다가 이 미션의 오리지널은 강토의 작품…….

'어차피……'

강토 생각이 자유로워지기 시작했다.

똑같이 만드는 것은 틀렸다. 앙플라쥐로 뽑아낸 장미 에센스도 없었고 진짜 용연향도 없었다. 애당초 불가능한 것을 억지로 꿰맞추느니 약간의 각색이 더 나을 것 같았다.

"좋아."

"나도."

"아주 좋아."

멤버들이 강토 생각에 공감을 해 주었다.

「이소부틸 퀴놀린―isobutylquinoline」.

강토의 깜짝 선택이었다.

합성향료다.

장미 향에 연기 냄새가 딸린 가죽 냄새.

못 할 것도 없었다. 네임드의 하나인 '디오르에상스'조차도 대충 들여다보면 과일 향에 동물 냄새를 버무린 작품이었다.

무엇보다도 연상 노트 위에 그려 보는 어코드가 마음에 들었다. 이 냄새가 장미 향을 살려 주는 것이다. 게다가 머스크의 역할까지도 가능했다.

"시작?"

상미가 묻는다.

"아직."

마지막으로 향료 전체의 향을 후각 속에서 디자인한다. 이소부틸 퀴놀린의 야성이 너무 강했다. 강토가 다시 일어나 진열장으로 갔다.

"거긴 레시피 아직이냐?"

남경수가 묻는다.

"이제 된 거 같아."

강토가 집어 든 건 만다린이었다.

"만다린?"

"응, 필요한 거 같아서."

"시트러스 때 재미 보더니 푹 빠졌나 보네?"

칭찬 같지만 잘 들으면 비꼼이었다.

"달콤하고 좋잖아?"

가볍게 응수하고 자리로 돌아왔다.

만다린?

멤버들이 몰려든다.

"이소부틸 퀴놀린이 생각보다 향이 세. 자칫하면 거부감을 느낄 수 있으니 만다린의 달달한 부드러움으로 쓰다듬어야 할 것 같아."

강토 설명에 모두가 고무된다. 이론적으로도 나쁠 것 없었다.

"이제 스타트?"

상미가 다시 물었다.

끄덕.

고갯짓과 함께 강토의 블렌딩이 시작되었다.

배합 비율이 변했다.

새로운 레시피에 맞춰 투하량을 수정하는 것이다.

베이스노트를 책임질 이소부틸 퀴놀린이 스타트를 끊었다. 머릿속에 그린 비율대로 용량을 취했다. 다인이 에센스의 양을 기록하고 상미는 전자저울의 영점을 잡아 준다.

톡.

미들 노트가 들어가고.

톡.

마지막으로 톱노트의 오렌지와 로즈마리 에센스가 투하되었다.

*   *   *

"아……."

다른 스터디에서 탄식이 들린다. 에센스는 비커든 플라스크든 둘레에 묻으면 안 된다. 그러나 서툰 학생들이다. 피펫 핸들링조차 익숙치 않으니 실수가 다반사였다.

강토는 다르다. 군계일학처럼 안정적이었다.

"끝."

강토가 피펫을 놓자 멤버들의 호기심이 고개를 든다. 정제수를 채우는 것으로 블렌딩은 끝났다. 그러나 향수의 생명은 블렌딩이 아니었다.

"궁금해."

"나도."

다인과 상미가 조바심을 낸다.

샤앗.

플라스크를 가볍게 흔들자 향 분자가 부드럽게 섞이는 느낌이 온다. 이게 바로 블랑쉬의 위엄이었다. 믹싱의 절정까지도 꿰고 있는 것이다.

여기까지.

강토가 플라스크를 내려놓았다.

"블로터 출동합니다."

준서 차례가 왔다. 가늘고 긴 블로터가 향수 속으로 들어갔다 나왔다. 다인과 상미가 동시에 코를 들이민다.

"어머."

만화 속 여주인공의 눈처럼 하트 뽕뽕 감탄이 동시에 나온다.

"좋아?"

준서도 블로터를 코로 가져가 부드럽게 흔든다.

"우왓."

준서도 뒤집어진다.

다인이 라파엘이 준 블로터를 집어 든다. 그 향은 많이 날아갔다. 그러자 자기 가방에서 새것을 꺼냈다. 강토가 준 것이다. 그걸 뿌려 향을 대조한다.

"……."

다인의 표정이 복잡미묘해진다.

"왜?"

상미도 따라 하지만 그녀의 표정은 크게 변하지 않았다. 다인보다 후각이 약하기 때문이었다.

"이거……."

결과는 준서 입에서 나왔다.

"굉장하기는 한데 결이 다른 거 같아. 얼핏 보면 좋은 것 같지만 결국에는 품격의 깊은 맛이 달린다고 할까?"

그 말을 들은 강토가 웃었다.

원본에는 용연향이 들어갔다. 무려 용연향이다. 제아무리 응용을 했기로 용연향을 당할까? 용연향은 활력의 상징이다. SSS급의 파워를 가졌다. 그렇기에 가녀린 향도 그 힘으로 붙잡아 오랫동안 발향을 하게 한다. 파워의 범위는 모든 향기를 아우른다. 강한 동시에 부드럽다. 이소부틸 퀴놀린으로는 대적할 수 없다. 그저 흉내가 될 뿐이니 당연한 결과이기도 했다.

"시향 좀 하게 해 줘."

옆 스터디 멤버가 고개를 디민다. 준서가 블로터를 대 주자,

"거의 똑같아."

감탄이 너무 크게 나왔다.

"……?"

F5 멤버들이 고개를 빼 든다.

"호들갑은……."

강은비가 무시를 날린다. 그들의 향을 믿기 때문이었다. 라파엘이 돌아온 건 그때였다.

"실험 끝났나요?"

"아직요."

중앙의 두 스터디가 비명을 질렀다.

"천천히 하세요. 10분 더 드리겠습니다."

라파엘은 재촉하지 않는다. 대신 눈으로 상황을 점검한다. 테이블에 차려진 에센스만 봐도 감을 잡을 수 있는 그였다.

"……."

F5를 지나 퍼퓸펜타의 재료를 확인하더니 결국 강토네 테이블에 시선이 닿았다.

이소부틸 퀴놀린과 만다린.

라파엘의 눈빛이 반짝거린다.

"끝났습니다."

남은 스터디들이 엔딩을 알려 왔다.

F5의 작품부터 체크에 들어간다.

「오렌지, 로즈마리, 알데히드, 장미, 패랭이, 재스민, 복숭아, 아세토 페논, 머스크.」

가용화제나 보습제, 색소 등은 들어가지 않았다. 라파엘의 입가에 미소가 흐른다. 나름 만족스럽다는 뜻이었다.

"여기 있습니다."

시향을 위한 블로터는 경수가 준비해 주었다. 라파엘은 진지하다. 그냥 스윽 맡아도 파악이 가능하지만 그렇게 넘어가지 않는다.

"좋군요."

라파엘이 웃자 F5 멤버들 표정이 활짝 펴진다. 경수와 은비는 주먹을 마주 대며 자축을 했다.

다음은 퍼퓸펜타의 차례다.

「오렌지, 페퍼민트, 알데히드, 장미, 패랭이, 재스민, 프로필렌글리콜, 머스크.」

레시피가 F5와 차이가 난다. 프로필렌글리콜은 보습제니 중요하지 않지만 페퍼민트가 눈에 띈다. 이번에도 라파엘이 웃었다.

로즈마리와 페퍼민트.

혼동하기 쉬운 향이었다. 성분이 그랬다.

로즈마리는 케톤, 모노터펜, 옥사이드 성분이 주를 이룬다. 페퍼민트는 알코올, 케톤, 옥사이드가 주성분이다. 향기도 유사하니 학생 수준에서는 구분이 어려울 수 있었다.

"좋아요."

그들의 시향도 무난하게 넘어갔다. 샘플 향에서 아주 벗어나지 않았다.

엔젤로즈의 레시피도 대동소이했다.

하지만 이어지는 두 스터디는 많이 빗나갔다. 특히 색소에

변색방지제까지 더한 우비강 스터디는 악취에 가까운 향이 나왔다. 머스크에서 실수를 한 모양이었다. 그게 실수라는 건 그들도 알았다. 그렇기에 시든 꽃처럼 풀 죽은 모습이었다.

"용감했네? 나쁘지 않아요."

라파엘은 그들조차 위로해 주었다.

그의 걸음이 옴니스의 테이블 앞에서 멈췄다.

「오렌지, 로즈마리, 장미, 패랭이, 재스민, 만다린, 이소부틸 퀴놀린.」

레시피 체크는 건너뛰고 시향에 들어간다. 블로터가 라파엘에게 건너갔다.

"……"

다른 스터디와 달리 감상이 바로 나오지 않았다.

'그럼 그렇지.'

F5의 남경수 입가에 엷은 미소가 흘렀다. 그제야 나온 라파엘의 말이 남경수의 미소를 바로 끊어 버렸다.

"카피를 하랬더니 업그레이드 버전을 만들었군요."

"……!"

실험실에 파란이 흘렀다.

업그레이드.

그건 분명 나쁜 평가가 아니었다.

"여러분."

짧은 침묵을 깨며 라파엘이 돌아섰다.

"다들 수고 많았습니다. 처음 여러분이 맡은 향수의 레시피는 오렌지와 로즈마리, 장미에 패랭이꽃, 재스민에 더한……."

보드 앞으로 다가선 라파엘이 마지막 레시피를 보드에 적었다.

「용연향」.

"……!"

한 단어에 많은 사람들의 얼굴이 굳었다. F5가 그랬고 퍼퓸 펜타가 그랬다. 놀라기는 옴니스도 다르지 않았다. 그들 이마에는 식은땀이 맺혔다. 강토에게 들었지만 믿기 어려웠던 용연향. 그러나 라파엘이 공인하니 의심의 여지가 없었다.

"교수님."

은비가 손을 들었다.

"아, 잠깐만요."

강은비의 말을 막은 라파엘이 강의를 이어 갔다.

"물론 우리 실험실에는 용연향이 없습니다. 그러나 조향사는 때로 임기응변도 필요합니다. 게다가 어떤 향을 대체할 수 있는 향료는 많으니까요. 여러분이 오늘 직접 증명하지 않았습니까?"

"……?"

"F5."

"예?"

남경수가 대표로 답한다.

"아세트 페논 말입니다. 어떻게 선택하게 되었죠?"

"그건… 그 향료가 애니멀한 느낌을 줄 수 있기 때문에……."

"그 말은 곧 미션 향수에서 애니멀 노트를 느꼈다는 뜻이죠?"

"예. 조금……."

"그럼 알데히드는요?"

"하트노트를 이루는 장미 향이 특별히 인상적이었습니다. 그렇다면 알데히드로 향을 보강했을 거라고 생각했는데 그게 용연향이었군요."

"맞습니다. 제대로 가닥을 잡은 겁니다. 제가 여러분의 자리에 있었더라도 알데히드를 생각할 수밖에 없었을 겁니다."

"……."

"이런 경험을 통해 여러분의 조향은 외연을 넓히게 되는 겁니다. 고민만큼 좋은 훈련도 드무니까요."

"……."

차례차례 감상을 밝힌 라파엘이 마침내 강토네 레시피를 집어 들었다.

「오렌지, 로즈마리, 장미, 패랭이, 초콜릿 향, 재스민, 만다린, 이소부틸 퀴놀린.」

"옴니스."

"예."

"이소부틸 퀴놀린… 용연향 대용이겠죠?"

"예."

대답은 강토가 했다.

"이 선택은 저도 의외입니다. 머스크 없이 머스크 이상의 베이스노트 효과를 내다니… 설명을 들을 수 있을까요?"

"교수님께서 말씀하신 대로 미션 향의 베이스노트는 용연향 같았습니다."

강토가 살짝 돌아갔다.

"하지만 우리 실험실에는 용연향이 없습니다. 그 대용으로 쓸 수 있는 랍다눔은 물론이고요."

"……."

"머스크도 좋은 대안이지만 어차피 용연향의 효과를 내기는 어렵다고 보았습니다. 따라서 하트노트를 살리는 방향으로 달렸습니다."

"어떻게 말이죠?"

"용연향을 쓰면 하트노트들의 깊이와 신비감이 더해지죠. 다행히 이소부틸 퀴놀린 역시 특유의 향으로 장미 향에 우아함과 신비감을 상승시킵니다. 미션 향의 중심이 장미였으니 장미를 부각시키는 쪽으로 레시피를 정했습니다."

"초콜릿 향과 만다린은요?"

"미션 향보다 실험실의 패랭이꽃 에센스 향이 약했습니다. 초콜릿 향은 그걸 보완하기 위한 것이고 만다린은 이소부틸 퀴놀린이 너무 중후한 까닭에 자칫 플로럴 향을 누를 수 있기에 야수성의 가죽 향을 달래기 위해 레시피에 담았습니다."

"……."

강토를 바라보는 라파엘의 눈에는 호기심이 가득했다.

"좋습니다. 다들 수고가 많았어요. 그럼 각 작품에 대한 평가와 함께 실습을 마감하도록 하겠습니다. 각 리더들, 시향 준비하세요."

라파엘이 정리에 들어갔다.

여섯 개의 작품이 평가 테이블로 나왔다. 스터디의 리더들이 자기들 작품의 블로터를 나눠 주었다. 단체 시향에 돌입한다.

지난 시간에는 F5가 영광을 안았다.

오늘은 어떤 작품 앞으로 학생들의 블로터가 쌓일까?

학생들의 후각 센서가 총동원된다.

첫 느낌은 우열의 판단이 어려웠다. 오렌지와 로즈마리 때문이다. 재스민 향도 그랬다.

하지만.

상큼한 활력 뒤에 다가오는 장미 향은 달랐다. F5의 향은 그새 시들었다. 장미 향이 나지만 꼬리가 내려간다. 패랭이와 재스민도 따로 노는 느낌이다. 명백한 어코드 실패였다.

처음에는 잘 몰랐다.

그러나 강토네 블로터를 시향 하자 모든 게 명백해졌다. 그건 완전하게 다른 세상이었다. 오렌지와 로즈마리는 장미의 정원으로 초대하는 전령사가 된다. 거기 주인공이 서 있다. 화려한 환상이자 몽환이다. 몽환의 색감은 패랭이와 재스민이 있어 더 빛난다.

로즈.

모두의 화음이 합창을 한다.

누가 메인인지 알려 주는 것이다.

베이스노트는 그렇게 쓰였다. 두 향을 함께 맡으니 알 것 같았다. 게다가 강토네 장미 향은 후각 속에서 더 진하게 살아나고 있었다.

F5는 달랐다.

그게 바로 어코드의 차이였다.

강토네 조합은 차곡차곡 정밀하게 쌓인 피라미드였고 F5의 것은 어떻게든 높이를 맞춘 위태로운 돌탑이었다.

학생들의 판단이 시작된다.

퍼퓸펜타는 강토네 비커 앞에 블로터를 놓았다. 엔젤로즈의 것도 그 위에 놓였다. 우비강과 나머지 스터디도 다르지 않았다.

5 대 1.

F5가 체면을 구기는 순간이었다. 그나마 1은 강토네 스터디가 준 블로터였다. 차마 자기 향수에 투표할 수 없어 내준 예

의였다.

그래도 끝은 아니었다. 라파엘의 판단이 남았다. 라파엘 역시 다시 시향을 한다. 언제나처럼 진지하다. 두 번씩 테스팅을 한 후에야 그의 블로터가 갈 곳을 찾았다.

오늘은 강토네 옴니스였다.

"강토야."

다인이 감격에 휩싸인다.

"아, 씨……."

열혈 소녀 상미조차 울컥해 버린다.

두 살 많은 준서는 연륜을 발휘해 강토의 등을 두드려 주었다.

무한 신뢰가 전해져 왔다.

조향학과의 에이스 F5.

난공불락처럼 보이던 자부심이 듣보잡 취급 받던 복수전공자와 편입생 조합에 의해 무너지는 순간이었다.

"세상에나, 우리가 블로터 씹어 먹는 날이 오다니……."

상미는 끝내 눈물을 글썽거린다.

강토 못지않게 투명 인간이었던 그녀였다. 벅찬 위로가 되는 눈치였다.

"윤강토, 실습 끝나면 잠깐 볼까?"

실습 기구를 정리하는 강토에게 라파엘이 말했다. 그는 따뜻한 미소를 남기고 퇴장했다.

"이건 우리 새 리더 몫."

상미가 소분한 향수병을 강토에게 건네준다.

"상미 누나, 나도 좀."

"언니, 나도."

다른 스터디의 멤버들이 줄을 선다. 실습 향수를 탐내는 건 흔한 일이 아니다. 그만큼 제대로 만들었다는 뜻이었다.

"나눠 줘."

강토가 인심을 쓴다.

"좋아. 간만에 좀 베풀고 살자."

상미도 기꺼이 찬성한다.

찰칵.

실습 향수를 들고 실습대 앞에서 인증 샷을 찍었다. 다인도 상미도 준서도, 강토처럼 실습시간이 즐거운 표정이었다.

"이소부틸 퀴놀린은 장미를 부각시키고 만다린은 이소부틸 퀴놀린을 부드럽게 한다. 이게 이 향수의 포인트였네?"

준서가 깔끔하게 정리를 한다.

"진짜 포인트는 이거잖아?"

상미가 천년후에를 꺼내 들었다.

"용연향 진짜 들어갔네? 라파엘 교수님이 인정할 정도면?"

다인이 강토를 바라본다.

"그렇다니까."

"어디서 났는데?"

"그라스의 해변에서 주웠다, 왜? 갈매기 떼가 난리를 치길래 가 봤더니 수박만 한 용연향이 두둥, 나를 기다리고 있더라."

"죽을래? 어디서 개구라를?"

다인이 주먹을 겨눈다.

"그라스가 아니고 예멘의 소코트라 섬이었나?"

"야, 윤강토."

"됐고, 나 라파엘 교수님 만나러 간다. 준서 형, 좀 기다려."

강토가 가방을 들고 일어섰다.

"진짜 뭐야? 우리 스터디만 믿기지가 않네?"

다인이 중얼거린다.

"문제는 그라스야."

상미가 괜히 비장해진다.

"그라스?"

"나 이번 방학에 인턴 안 되면 그라스 갈 거야. 아니, 인턴 되어도 갈 거야."

"이번엔 알바 안 해?"

"언니가 마지막 등록금이니까 어시스트해 준댔어. 누가 알아? 강토처럼 대오각성 해서 조향계의 샛별로 떠오를지?"

"그래. 가서 제발 콧구멍 좀 뻥 뚫어라. 그럼 이 언니가 포탈 타고 축하 와인 쏘러 간다. le procope에 가서 달팽이 요리로 한잔 꺾자."

"언니는 무슨… 고작 한 달 빠른 생일 가지고……."

"야, 한 달이면 꽃이 몇만 송이가 피고 지는 줄 알아?"

다인과 상미가 투닥거린다. 이렇게 투닥거리는 것도 여유로워 보인다. 그사이에 강토는 라파엘의 연구소 문을 두드리고 있었다.

똑똑.

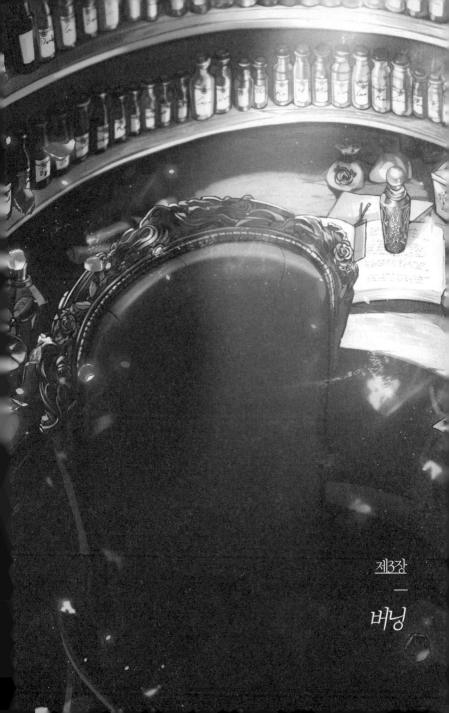

제3장
—
버닝

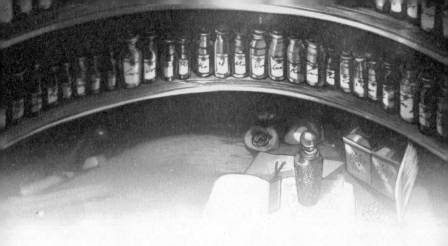

"왔군?"

골동품급 향수 시향을 하고 있던 라파엘이 돌아보았다. 강토를 기다린 눈치였다.

"이거 한번 맡아 보겠나?"

그가 블로터부터 내밀었다.

"……?"

블로터가 건네지기도 전에 강토가 움찔 물러섰다.

"왜?"

"그 향수……."

"지난번에 말한 그거라네. 내 지인이 러시아에서 구해서 보내 줬다는……."

"……."

"이게 어쩐지 지난 시간에 자네가 만든 향수의 이미지가 있는 것 같아서 말이야. 다시 확인하는 중이었네."

"이 향수……."

시향 하는 강토 손이 진동병이라도 걸린 듯 떨었다.

아아…….

가슴 깊은 곳에서 애절한 폭풍이 밀려온다.

이건.

블랑쉬의 작품이었다.

합성향료로 대량생산 하는 향수는 특징이 없다. 누가 뿌리든 같은 향을 낸다. 그러나 천연향료로 소량, 혹은 시그니처 용으로 만든 향수는 다르다. 주인의 체취와 체온 등의 특성에 따라 향이 미묘하게 변한다. 그것은 곧 그 향수에 개성이 부여되었다는 뜻이었다.

자기 자신만의 고유한 포뮬러.

강토가 감지한 게 그것이었다.

향 에센스를 섞는다고 향수가 되는 게 아니다.

향수는 하나의 작품이다. 최고의 후각을 가진 사람이라면 그걸 알 수 있다. 더구나 강토는 전생에 이 향수를 만든 사람이었다.

"어떤가?"

"……."

강토는 대답하지 못했다. 오랜 세월을 넘어온 향수에는 블랑쉬의 혼이 담겨 있었다. 냄새 분자마다 그 넋이 깃들었다. 시공을 초월해 온 골동품 향수. 두 세기를 건너와 강토 앞에 섰다. 파리에서 만난 그 삼나무 향수처럼 아련하고 애틋하게.

치익.

강토의 대답이 나왔다.

가방 속에 분신처럼 모셔 둔 삼나무 향수를 꺼낸 것이다. 그 향이 블로터를 시원하게 적셨다.

"윽."

시향에 들어간 라파엘도 경기를 일으켰다.

호흡을 가다듬고 한 번 더 살랑 흔들더니.

"맙소사."

비명에 이어 다리까지 후들거렸다. 그는 열 번이고 스무 번이고 시향을 그치지 않았다. 마치 인생 향수를 만난 사람처럼.

"자네, 오늘 만든 향수 가지고 있나?"

"예."

"그것도 같이 시향 할 수 있을까?"

안 될 거 없죠.

강토가 실습용 향수를 꺼내 들었다.

"여기 들어간 용연향 말일세……."

라파엘이 향수를 받으며 물었다.

"어떻게 된 건가?"

"프랑스 골동품 거리에서 운 좋게 미량을 구했습니다. 저는 짝퉁이겠지 하고 써 봤는데……."

강토가 둘러댔다. 이것만은 라파엘에게도 말하기 어려웠다.

"옛날 조향 기구에서 딸려 나온 모양이군. 드물게 그런 행운을 얻는 경우도 있지."

라파엘은 더 캐묻지 않았다.

치익.

그가 향수를 분출하니 그 손의 블로터는 세 개가 되었다.

골동품 향수와 강토의 작품 두 개. 적당한 각도로 벌리고 부드럽게 흔들며 후각을 집중한다.

어코드.

그리고 포뮬러.

그가 찾아가는 길이었다.

세 개의 향이 너울거린다. 그러나 불협화음이 아니었다. 교집합이 보이는 것이다.

'향을 다루는 스킬과 향에 서린 이미지……'

하트노트를 돋보이게 하는 간결한 터치가 오감을 찌른다. 적게는 수십 가지, 많게는 수백 가지의 원료를 넣고 배합하는 복잡함 따위는 보이지 않았다.

그럼에도 고결하다. 이런 수준에 오르려면 개별 향기 분자의 특성을 제대로 파악해야 한다. 그것들을 블렌딩했을 때 어떤 향이 될지도 알아야 한다.

마치.

빨강과 파랑을 섞으면 보라색이 되는 법칙처럼 완벽하게.

천연향료를 주로 쓰던 낭만적 조향 시대에는 그런 명작이 많았다. 그때의 향수에는 조향사들의 혼이 담겨 있다.

백 년 후에도 영원한 명작 향수.

이제는 세 개의 블로터가 라파엘을 대신해 떨고 있었다.

"이것?"

그가 강토를 바라본다. 눈은 이미 혼미에 가까웠다.

"제 생각에는 이것까지 같은 느낌인 것 같아서요."

강토가 삼나무 향수병을 들어 보였다.

척 봐도 100년 이상 된 용기였다. 골동품 향수를 공부하는 라파엘이었으니 모를 리 없었다.

"좀 보여 주겠나?"

라파엘이 손을 내민다. 그 손은 미리 떨고 있다.

"맙소사, 이건 100년도 더 된 것 같아."

향수병을 받아 든 손이 폭풍처럼 경련했다.

"예."

"어디서 찾았나?"

"파리 골동품 거리의 상점에서요."

"케 데 제따 주니?"

"생투앙이었습니다."

"……!"

라파엘의 눈은 파란의 연속이다. 향수병을 살피다가 조향사의 흔적을 발견한 것이다.

"사인이 있군? 블랑쉬 로베르?"

"예."

"맙소사. 이름이 나오다니."

"……."

"세련미의 차이는 있지만 어코드의 특성이 유사하네."

"……."

"자네 향수병의 향 품격이 가장 높고 내가 구한 것이 두 번째, 그리고 자네가 만든 두 향수… 마치 한 사람이 그린 그림을 시간의 흐름에 따라 보는 듯한 느낌이 들어."

"제 생각도……."

강토도 동의를 했다. 동의하지 않을 수도 없는 일이었다.

"자네가 그 향수의 영향을 받은 건가? 블랑쉬 로베르?"

"좋아하기는 합니다."

"카피도 해 보았나?"

"일부 정도… 저희 집에 있는 에센스는 기본적인 것 몇 개밖에 없어서……."

"아, 그렇군. 그건 학교 실습실도 다르지 않지. 내가 너무 흥분했어."

라파엘이 이마의 땀을 훔친다. 제대로 된 향수를 카피하는 건 대가도 쉽지 않다. 게다가 향 원료의 문제도 있었다. 그러니 학생인 강토가, 학교 실습실이나 집에서 할 수 있는 일이 아니었다.

"블랑쉬 로베르, 블랑쉬… 내가 수집한 조향의 대가들 중에는 그런 이름이 없는데… 한 작품도 아니고 두 작품이 나오다니……"

라파엘이 자신의 자료를 뒤진다. 그동안 수집한 과거의 조향사 리스트가 나온다.

「알랑 클레멘트」.

그 이름이 강토 눈을 차고 들어왔다. 전생의 공을 가로챈 조향사. 그는 죽어서도 블랑쉬의 명예를 독차지하고 있었다. 괜한 위화감이 강토 가슴을 치고 갔다. 그의 자리는 블랑쉬가 있어야 할 자리였다.

"자네도 이 사람을 아나?"

강토 시선이 오래 꽂히자 라파엘이 물었다.

"아뇨."

"뭐랄까? 어떻게 보면 자네 같은 사람일세."

"저 같다고요?"

"이 사람이 200여 년 전에 그라스의 조향사였거든. 처음에는 크게 두각을 나타내지 않았는데 어느 날 불멸의 히트를 치기 시작했어. 실력이 돌연 폭풍 레벨 업을 했다는 기록이 있거든."

"향수도 있으신가요?"

"아쉽게도 기록뿐일세."

"……."

"고맙네. 자네 덕분에 연구의 전기를 마련했어. 블랑쉬 로베르… 이름을 찾았으니 일이 좀 수월해질 걸세."

"……."

"이것, 내가 사진을 좀 찍어도 되겠나?"

"그럼요."

강토가 답하자 라파엘은 다양한 각도에서 삼나무 향수병을 찍어 댔다. 마음 같아서는 기증하고 싶기도 했다. 하지만 이건 누구에게 줄 수 있는 향수가 아니었다.

"오늘 향수도 대단했네. 이소부틸 퀴놀린을 그렇게 매칭시킬 줄이야."

촬영을 마친 라파엘은 그제야 여유를 되찾았다.

"향의 조화가 괜찮을 것 같아서 시도해 봤습니다."

"그게 영감이지. 조향사에게 필요한 아름다운 덕목의 하나라네."

"감사합니다."

"이제 자네 실력을 세 번이나 확인했으니 우연이 아니지?"

"……."

"그라스에서 향수에 눈을 떴다… 이것 참… 현재까지의 일만으로 판단하자면 기적이 일어난 것 같네. 후각 회복에 뛰어난 조향 센스……."

"……."

"후각에 대한 자신감은 어떤가?"

"가급적이면 많은 냄새 분자를 경험해 보려고 노력하고 있습니다."

"내가 한번 체크해 봐도 될까?"

"네."

"이리 오게."

라파엘이 앞서 걸었다. 그가 멈춘 곳은 그의 조향 분석실이었다. 아쉽게도 기체색층분석기는 없었다. 너무 고가라 학교의 예산 배정이 어렵다는 말을 들은 적이 있었다.

작은 문을 열기 무섭게 강토는 낯선 향 분자를 만난다. 세상의 냄새 분자는 무려 1조 개 이상. 맡고 또 맡아도 생소한 세계가 있다. 그렇기에 거대 향료 기업에서는 돈 되는 냄새 분자 발굴에 목숨을 걸고 있었다.

치잇.

블로터에 향수가 뿌려졌다. 향수병은 알루미늄이었다. 숫자로 008이라고 쓰였다. 연구자들은 알루미늄 용기를 좋아한다. 향수를 완벽하게 보호하는 데 맞춤한 재질이었다.

"1900년대 중반의 향수를 연구하면서 만들어 본 향수 중의 하나네. 테스트라고 생각하지 말고 아는 데까지 편안하게 리딩해 보게."

"네."

"내 블렌딩 시트(Sheet)지. 마음대로 써도 좋네."

라파엘은 전문가용 시트지를 듬뿍 놓아 주고 나갔다.

탁.

문소리와 함께 혼자 남았다.

흐음.

낯선 냄새의 분자들이 시간 차를 두고 후각으로 밀려온다.

좋았어.

기분이 좋아진다.

새로운 향을 맡을 수 있는 것이다.

아주 좋았어.

알루미늄 통의 뚜껑을 개방했다. 코 가까이 대고 냄새를 맡았다. 통 안의 향료 분자가 강토의 기체색층분석기 속으로 들어온다. 코 안에서 향기의 실체들이 분리가 된다.

이런 작업은 매번 강토를 행복하게 만들었다. 원래도 꿈꾸던 일. 이제 블랑쉬의 몫까지 할 수 있으니 두 배로 행복했다.

30분이 지났다.

골동품 향수의 계보를 체크하던 라파엘이 일어섰다.

30분.

충분한 시간이었다. 뛰어난 후각이라면 분석이 끝났을 테고 그렇지 않다면 포기했을 시간. 하지만 안에는 강토의 기척이 없었다.

'내 기대가 너무 컸나?'

학생들은 종잡기 어렵다. 수재인가 싶으면 능력의 바닥을 드러내기도 했고, 인고의 시간을 견디지 못해 스스로 무너지는 경우도 많았다.

딸각.

"……?"

문을 연 라파엘은 또 한 번 놀랐다. 하지만 아까와는 달리, 온화하던 인상이 과격하게 구겨져 버렸다.

강토는 벽 쪽에 가득 메운 향료병, 그중에서도 에스테르 계열 앞에 있었다. 병 하나를 집어 들고 그 향을 맡고 있다. 그 아래 꺼내 놓은 건 셀 수도 없이 많았다. 에센스의 위치만으로도 내용물을 아는 라파엘. 성큼 다가가 목청을 높였다.

"지금 뭐 하고 있는 건가?"

"교수님?"

놀란 강토가 돌아본다. 그때의 강토 표정은 마치 무아지경에서 깨어난 어린아이처럼 보였다.

"이리 내게."

라파엘이 손을 내민다.

"교수님……."

"달라니까."

"……."

강토가 손에 든 향료를 건네준다.

"포뮬러를 분석하랬더니 뭐 하는 짓인가?"

라파엘의 목소리가 높아진다. 강토 앞에 따로 놓인 원료들 때문이었다.

"죄송합니다. 모르는 냄새가 있길래 그걸 찾다가……."

"모르는 냄새? 이게 뭔 줄은 알고 만진 건가?"

"니트로글리세린입니다."

"……."

강토의 답에 라파엘의 표정이 굳는다. 그 병에는 니트로글리세린이라는 표기가 없었다. 향 원료로 구입해 옮겨 담았기에 자신만의 표기법이 있을 뿐이었다.

"에스테르에 아세트알데히드까지?"

"……."

"게다가 저 전자레인지 문은 왜 열어 놓았나?"

"죄송합니다."

"니트로글리세린에 니트로셀룰로스, 바셀린과 아세톤."

"……."

"유기화학을 전공한 데다 성적도 우수하니 이 구성이 뭐 하는 건 줄도 알겠군?"

"폭약을……."

"알면서?"

라파엘은 기가 막혔다.

니트로글리세린은 에스테르의 일종이다. 에스테르는

산(acid)과 알코올(alcohol)을 합쳐서 물을 빼낸 화합물이다.

동시에 천사와 악마의 얼굴을 가진 야누스이기도 하다. 협심증 치료제가 되기도 하지만 살상의 폭약이 되기도 하는 것이다. 강토 앞에 모인 향료들이 바로 후자의 구성 성분들이었다.

라파엘은 니트로글리세린의 화약 냄새 분자도 향수의 소재로 삼는다. 그러나 화약으로서의 니트로글리세린에는 관심이 없었다.

"이제 보니 자네 관심이 조향이 아니라 폭약이었나?"

"……."

"하마터면 조제까지 들어갈 기세였군?"

라파엘이 니트로셀룰로스까지 회수한다. 니트로글리세린 58%, 니트로셀룰로스 37%에 바셀린 5%면 폭약이 나온다. 아세톤까지 줄지어 꺼내 놓았으니 흥분한 것도 무리는 아니었다. 아세톤은 이 폭약 제조에 용해제로 필요했다.

"죄송합니다."

"됐네. 하라는 짓은 않고 엉뚱한 일을 벌이고 있다니."

라파엘이 전자레인지 문을 닫았다. 거기서 강토의 항변이 나왔다.

"두 가지 이외의 포뮬러 분석은 끝났습니다만."

"뭐라고?"

분석이 끝나?

라파엘이 돌아보았다.

*   *   *

"남은 두 가지 냄새를 찾다가……."

"에스테르 말이야, 전부 다 열어 놓고 냄새를 맡았나?"

"뚜껑은 조금밖에 열지 않았습니다."

강토가 답했다.

에스테르는 향의 수채화로 불린다. 그래서 그런지 공기 중에 방치하면 물을 흡수한다. 그렇게 되면 유기산과 알코올로 변한다. 이때의 유기산은 악취를 발생시킨다.

"그나마 최악은 면했군."

"죄송합니다."

"됐네. 호기심이야 어쩔 수 없지. 하지만 내가 오늘 기대한 건 호기심이 아니라 포뮬러 분석이었네. 그만 가 보게나."

"예, 교수님."

강토가 문을 열고 나갔다. 이 향료들의 주인은 라파엘, 강토는 그걸 알고 있었다.

"허얼."

라파엘이 자책 섞인 한숨을 쉬었다. 실험실에서는 신중해야 한다. 향 원료를 다뤄도 마찬가지다. 자극이 심한 향은 자칫 의식을 잃게 만든다. 향기를 추출할 때 쓰는 용매도 위험하다. 가연성에 휘발성이라 자칫 폭발의 가능성도 있다. 그런 이유들이 있기에 화학 전공자를 우대하는 것이다.

'대체 뭘 본 거야?'

강토가 꺼내 놓은 것들을 바라본다.

에스테르에 더해 아세트알데히드까지 보인다.

니트로글리세린에 에스테르, 그리고 아세트알데히드……

n-부틸아세테이트와 이소아밀아세테이트, 이소아밀아세테이트 병은 뒷줄로 밀려 있다. 그것들은 각각 사과 향과 바나나 향, 꿀벌의 페로몬 향이다. 라파엘이 불쾌해진 이유였다. 저런 향들은 미뤄 두고 니트로글리세린에 코를 박고 있었으니…….

'내 기대가 너무 컸나?'

라파엘이 조향 테이블로 향했다. 거기 강토가 적어 놓은 레시피가 보였다. 엉망이었다. 생각나는 대로 적힌 에센스와 배합 물질의 이름이 어지러웠다.

그런데.

"……?"

그걸 집어 들던 라파엘의 시선을 그 아래의 종이가 쪽 빨아당겼다.

'이것?'

라파엘의 안면 근육에 강력한 경련이 스쳐 갔다.

강토의 진짜 레시피였다. 직관에 따라 메모한 원료들을 제대로 정리한 것이었다.

"……."

일단 분석된 숫자에서 놀란다. 대충 보아도 서른 개는 넘을 것 같았다.

'서른네 가지……'

하나하나 체크를 한다. 그 중간쯤부터 라파엘의 등골이 서늘해지기 시작한다. 메모를 든 채 서랍을 열었다. 거기 파일철을 넘겨 008번의 포뮬러를 찾아냈다. 라파엘의 연구는 많았으니 그 많은 실험물들의 성분을 다 기억하지는 못했다. 두 개를 나란히 들고 확인에 들어간다.

'억.'

절반 정도 체크하는 동안 신음이 나왔다. 처음에는 답이 달랐다. 하지만 이내 알게 되었다. 그건 단지 강토와 자신의 답 줄이 바뀌었을 뿐이었다. 강토가 적은 포뮬러는……

마치 라파엘의 포뮬러를 줄을 바꾸어 적어 놓은 듯 정확했다.

「NO. 008」.

그 안에 들어간 에센스와 물질은 36가지였다.

강토가 적어 놓은 건 34가지였다.

'윽?'

라파엘의 고개가 에스테르 쪽으로 향한다. 이어 전자레인지를 바라본다.

'맙소사.'

결국 메모를 떨어뜨리고 말았다.

강토가 적지 못한 건 두 가지였다. 그게 조향실 안에서 벌어졌던 행동에 연결되고 있었다.

'디하이드로 미르세놀······.'

라파엘이 골똘해진다. 이 향수의 톱노트에 섞인 향 원료였다. 미치도록 시원한 향이다. 바로 TNT에서 추출한 사향향이다. 소량의 메틸기와 알데히드 그룹으로 매칭되어 있다.

그래서 강토가 니트로글리세린을 본 것이다. 니트로셀룰로스와 바셀린에 아세톤까지. 에스테르까지 꺼내 놓은 건 니트로글리세린 또한 에스테르의 한 종류기 때문이었다. 이제 보니 그 향의 가닥을 제대로 잡은 게 아닌가?

게다가 전자레인지.

강토가 놓친 또 하나의 향이 거기 있었다. 베이스노트 중의 하나로 첨가된 가열한 비누 향이었다. 그 냄새는 도무지 감이 오지 않았다. 고민하던 중에 한 비누에서 비슷한 향이 났다. 어쩔까 싶다가 전자레인지에 넣고 돌렸다. 과일 같은 것은 말리면 향이 진해지는 경우가 많았다.

비누는 솜사탕이 되어서 나왔다. 샤를의법칙을 깜빡한 것이다. 온도가 $1°C$ 올라갈 때마다 $0°C$일 때 부피의 273분의 1씩 증가한다. 샤를의법칙은 비누에도 적용이 되었으니 크루아상처럼 부풀어져 나왔다. 그걸 가르자 진짜 빵처럼 부드러웠다.

'빙고.'

그날 라파엘은 쾌재를 불렀다. 춤을 추었다. 비누 크루아상 같은 건 상관없었다. 가열된 비누 향이 그가 찾던 향에 근접했던 것이다.

'흠흠.'

전자레인지의 냄새를 맡았다. 그 후에 사용하지 않았으니 아직도 비누 향이 났다. 그러니까 강토는, 그 두 가지 향까지 다 찾아낸 셈이었다.

"윤강토."

서둘러 나와서 가방을 챙기는 강토를 불렀다.

"예?"

"포뮬러 말일세."

"예."

"정말 두 개를 놓쳤군. 하지만 말로는 설명할 수 있을 것 같은데?"

"교수님."

"확인을 하고 싶네."

"말로 한다면… 하나는 시원하기 그지없는데 달콤함에 무거운 느낌까지 들었습니다. 한편으로 사향 같은데 또 아닌 것 같기도 했고……."

"또 하나는?"

"플로럴 계열의 향이었는데 제가 생각하는 플로럴과 달랐습니다. 조금 탄 느낌이랄까요?"

"그래서 자네가 추측한 건?"

"니트로글리세린 냄새를 맡으니 뭔가 끌리는 게 있었습니다. 에스테르와 아세트알데히드도… 그것들을 다 합치거나 따로 조합하면 그 노트가 될까 궁리하던 중에……."

"전자레인지는 왜 열어 봤나?"

"미들 노트에서 놓친 냄새가 거기 있었습니다."

"맙소사."

"교수님 물건에 함부로 손을 대서 죄송합니다."

"아닐세. 미안한 사람은 나야."

"예?"

"자네 말이 맞았네. 내가 연구하는 향수 종류가 많다 보니 일일이 기억하지 못할 때가 있네. 자네 포뮬러를 보다 보니 생각이 나더군. 자네가 놓친 두 가지 노트 말이야, 하나는 TNT에서 추출한 향이고 또 하나는 비누를 태운 향이 맞네."

"교수님."

"자네가 서른여섯 개를 다 맞힌 거야."

"……."

"설마 내 머릿속을 엿본 건 아니지?"

라파엘 입가에 미소가 번진다. 긍정의 시그널이었다.

"그랬으면 좋겠습니다."

"아니야. 그거 좋아할 필요 없어. 지금 재능만 잘 살려도 제 2의 세르주 뤼탕이나 프란시스 커크잔이 나올 수 있겠어."

"과찬이십니다. 하지만 될 수 있다면, 이전이나 이후의 그 누구도 아닌 윤강토가 되고 싶습니다."

강토의 목소리에 신념이 실렸다. 지상의 모든 향을 다스리는 용연향처럼 묵직했으니 라파엘조차도 잠시 압도될 지경이었다.

"멋지군."

"감사합니다."

"내가 말이야, 미안하지만 테스트 한 번 더 해 봐도 되겠나?"

"그럼요."

"그럼 실습복을 입고 다시 들어오시게나. 안에서 기다리겠네."

라파엘이 웃었다.

"……."

잠시 후, 들어선 강토 눈에 핏발이 섰다. 라파엘의 조향 테이블이었다. 거기 008번 향수에 쓰였던 에센스와 원료들이 거짓말처럼 펼쳐져 있었다. 그게 무엇을 뜻할까? 강토가 모를 리 없었다.

"교수님."

"잠깐만."

라파엘이 중앙의 에센스 저장고를 열었다. 밀폐된 저장고에는 비밀번호가 걸린 디지털 키가 있었다. 덕분에 강토의 후각조차 감지하지 못했던 향료들이 나왔다.

"디하이드로 미르세놀."

라파엘이 새 병을 들어 보였다.

"그리고 이건······."

이번에는 비누였다.

"이것도 자네가 만들게. 샤를의법칙 알지? 자네 후각이라면 몇 분 정도 가열해야 하는지도 알 수 있을 것 같네."

"교수님······."

"솔직히 내가 지금 좀 무리를 하고 있네. 이런 테스트는 그라스의 조향 학교에서도 라스트 코스에 속한다네. 이그제티브 조향사가 낸 향수를 교육생들이 만들어 내면, 이그제티브 조향사가 두 개의 향을 시향 해서 구분이 어려울 경우에 주니어 조향사의 자격을 주게 되지."

"······."

"너무 부담이 된다면 거절해도 되네."

"에센스와 기타 향료까지 다 주셨으니 그라스보다는 쉬울지도 모르겠군요."

판이 깔렸다. 그렇다면 강토가 물러설 리 없었다.

"그냥 준 게 아니네. 어차피 자네가 다 찾아낸 에센스들이야."

"한번 해 보겠습니다."

"좋아."

라파엘의 손이 테이블의 의자를 가리켰다.

블렌딩.

그 작품을 위한 준비는 다 되어 있었다.

작품도 강토 후각 속에 이미 들어와 있었다.

그림으로 치면 견본 그림이 있고 표현 가능한 물감들이 구비된 것이다.

그럼 그림이 그려질까?

그건 결코 아니었다.

요리와의 비교가 더 쉬울 수 있다. 앞에 완성된 요리를 놓고 재료를 준비해 준다. 그림과 마찬가지다. 중요한 것은 셰프의 실력이다. 재료가 있고 완성본이 있다고 똑같이 만들 수 있는 건 아니었다.

이 두 가지와 비교하면 향수가 더 고난도에 속한다. 그림과 요리는 보이지만 향수의 냄새는 보이지 않는다. 그렇기에 조향사들은 그걸 보는 듯이 구현해 내는 역량을 쌓는다. 그리하여 최고의 조향사는 향수의 냄새만으로 똑같은 카피를 구현하는 것이다.

"아하."

숨을 들이마시며 최대한 감상을 한다.

이 향수의 영감은 시원한 폭풍 같았다. 무더운 여름날, 어느 계곡의 폭포 앞에서 머릿결을 휘날리는 청명한 바람의 줄기라도 만났던 걸까?

몇몇 향이 그걸 말해 주고 있었다. 너트메그와 샌들우드, 올리바눔과 아세포테논의 구성이 그랬다.

너트메그는 샌들우드와 케미가 좋다. 톱노트로 쓰면 짜릿할 정도로 감각적이다. 거기에 디하이드로 미르세놀을 더했으니 사이다 이상으로 시원했다.

그걸로도 부족해 아세토페논으로 지원한다. 이 향은 오렌지꽃처럼 상큼하면서도 달달하다. 따뜻하게 마른 풀의 느낌에 애니멀 노트의 분위기도 있다. 여기에 묵직하게 가미되는 올리바눔이 전체를 조율한다. 한마디로 청량감의 절정이 아닐 수 없었다.

조향사는 글라이콜을 살짝 첨가함으로써 우아한 악센트를 찍는다. 올리바눔과 함께 지속성의 배터리를 돌려줄 아이템이었다.

강토의 블렌딩은 한 편의 연주회 같았다. 각각의 악기들이 가진 특성을 하나의 주제로 승화시키는 것이다. 누구도 혼자 튀어서는 안 된다. 심지어는 하트노트조차도.

모두와 함께, 모두의 가운데서 부각되는 하트만이 매혹이라는 묘미를 맛볼 수 있는 것이다.

흐음.

블로터에서 하늘거리는 냄새 분자들을 잡아 한 줄로 줄을 세웠다.

에센스와 원료의 비율이 정해진다.

6-1-0.5-2-0.1-3-1-10…….

강토는 할아버지를 생각했다. 노란 해바라기를 그리기 위해서 노란색만 쓰지 않는다. 그건 초보자의 그림이다. 노란색 뒤에는 빨강도 들어가고 파랑에 초록도 같이 찍는다. 그러나 중심은 노랑이다. 다른 색들은 자연스러운 느낌을 위해 미량만을 찍을 뿐이다.

그게 향수의 어코드였다.

수십, 수백 가지의 향료와 에센스를 섞지만 전체 그림을 염두에 두어야 했다.

전체는 하트노트를 위하여.

하트노트는 전체를 위하여.

베이스노트에서 하트노트를 거쳐 톱노트로.

마지막으로 정제수를 더하며 강토의 긴 여정이 끝났다.

딱 한 번의 주저가 있었다.

하트노트의 에센스를 넣을 때였다.

그것 외에는 거의 파죽지세였다.

"끝났습니다."

강토가 라파엘을 돌아보았다.

향수.

진짜 향수라면 6개월에서 1년 이상은 알코올 숙성 과정이 필요하다. 라파엘도 잘 알고 있다. 그러나 그는 숙성되지 않은 향수도 분석이 가능한 이그제티브 조향사였다. 방금 끝난 블렌딩조차도, 그게 좋은 향수인지 아닌지, 그는 아는 것이다.

라파엘이 블로터를 받아 들었다.

코가 먼저 반응을 한다.

사앗.

그의 코앞에서 블로터가 바람을 일으켰다.

부드럽다.

짜릿한 첫인상에 이어 감동의 미들 노트가 다가온다. 베이스노트는 묵직하게 주제를 떠받친다. 이들을 아우른 어코드가 너무나 자연스럽다. 학생들이 흔히 저지르는 우격다짐 블렌딩. 그런 불협화음은 조금도 느껴지지 않았다.

기가 막힌 어코드였다.

"하아."

눈은 감은 채 긴 탄식을 밀어낸다.

사앗.

한 번 더.

"하아아."

탄식이 자꾸 길어진다.

또 한 번.

하아아.

그냥 이 순간에 멈추고 싶어진다. 폐와 심장, 대뇌를 물들이고 싶어진다. 만약 구매를 위한 시향이었다면 결론은 한 가지였다.

「사고 시포」.

눈을 감은 채 그의 감상이 나왔다.

이제 그가 눈을 뜬다. 미션으로 내 준 향수를 열어 블로터에 뿌린다. 두 개의 블로터를 잡고 번갈아 음미한다. 나중에는 두 개를 같이 잡고 살랑, 허공에 흔든다.

그러다 잠시 정지되었다.

손도 시신도 후각도.

Time stop.

그 뒤에 나온 첫마디는 미치도록 또렷했다.

"내 것보다 낫군."

라파엘은 흠씬 젖었다. 향수의 바다에서 갓 걸어 나온 모습이었다.

"교수님······."

"진심일세. 이건 정말··· 믿어야 하는 건지 말아야 하는 건지··· 분명한 것은 내가 직접 확인을 했다는 걸세. 이거야말로 외워서 될 수 있는 일이 아니니까."

"칭찬해 주시니 기쁩니다."

"어코드가 완벽하네. 향이 기막히게 안정적이야. 내가 찜찜해하던 노트의 황금비까지 찾아 준 것 같아."

"……."

"포텐이라는 말 알지? 그게 제대로 터진 것 같군. 자네 속에 잠재하던 조향의 재능 말이야."

"교수님."

"아니지. 그런 말로 다 할 수도 없겠지. 이런 성과를 위해 얼마나 피나는 노력을 했을지 짐작이 가네."

"……."

"윤강토."

"네?"

"자네 꿈이 조향사였지?"

"예."

"후각이 열악함에도 한번 극복해 보겠다고 조향학을 복수 전공으로 택했고."

"예."

"그럼 말이야, 조향사가 될 수 있다면 어떤 조향사가 되고 싶은 건가? 폴 파르케나 어네스트 보처럼 불멸의 명작 향수? 아니면 향수 이슈를 선도하는 향료 산업 재벌?"

라파엘의 표정이 진지해졌다.

강토의 꿈에 대해, 전문가의 위치에서 이토록 진지하게 대해 주는 사람은 처음이었다.

"기왕 하는 거면 둘 다가 되고 싶습니다."

"……?"

"거기 덧붙여 단순히 매혹적인 향수가 아니라 치유와 위로가 되는 향수의 세계까지요."

"……."

"……."

"멋지군. 다들 기껏해야 유명 향료 회사나 브랜드 향수 회사의 이그제티브 조향사 정도를 꿈꾸는 판에."

"꿈만 큽니다."

"아닐세. 각오만으로 이루어지는 꿈은 없지만 각오도 없이 이루어지는 꿈도 없지. 그런 각오로 계속 매진하게. 내 도움이 필요하면 언제든 찾아오고……."

라파엘이 손을 내밀었다. 강토가 그 손을 잡았다. 조향 권위자 라파엘 앞이지만 강토는 당당했다. 라파엘의 책상에 앉았던 사람은 이미, 후맹으로 웃음거리가 되던 윤강토가 아니었다.

그는 블랑쉬였다.

오래전 정통 향수의 도시 그라스.

그곳에서 프랑스는 물론이오, 유럽 전체를 아우르며 최고의 향수를 만들어 내던 사람.

누구보다 뛰어났던 향수와 후각의 제왕.

그렇기에 라파엘의 악수는 격려가 아니라 인정으로 받아들였다.

블랑쉬의 부활이자 강림.

이제는 팩트가 되었다.

제4장
—
후각 불치병 캐고스미아

'윤강토……'

뒷모습을 바라보는 라파엘의 표정이 숙연했다.

포부를 물어본 것은 많은 학생들에 대한 실망 때문이었다.

좋은 조향사가 되는 것은 어렵다.

한국처럼 척박한 조향 환경에서는 더욱 그렇다.

그렇기에 이 조향학과 학생들은 알지 못했다.

조향의 굴곡진 세계…….

심지어 조향학과 교수들도 잘 모른다.

그들이 아는 건 6대 글로벌 향료 기업이니 7대 기업이니 하는 표면적인 것뿐이다. 그 기업들은 완벽한 보안하에 냄새 분자를 만들고 관리한다. 이들 냄새 분자는 향수와 기타 방향제, 미용품은 물론이고 식품업까지 망라하고 있다.

이 글로벌기업들은 방대한 인원의 화학 전문가를 거느리고 새로운 분자를 만들어 낸다. 거기 딸린 또 하나의 그룹, 조향사들은 그들이 만든 분자를 조합해 향수를 만든다. 이들이 만들어 낸 분자는 인간의 일상에서 뗄 수 없다. 누구도 모르는 사이에 글로벌기업의 냄새 산업에 젖어 버린 것이다.

학생들이 꿈꾸는 자리가 거기였다.

그러나.

그들 역시 알지 못했다.

새로운 향수가 출시될 때마다 벌어지는 호화로운 런칭과 이벤트는 가식의 파티에 지나지 않는다. 그 네임드 회사에서 내세우는 대표 조향사들은 그 향수에 '거의' 기여하지 않는 경우가 대다수였다. 진짜 기여자는 베일에 가려진다. 그 이름 없는 조향사들은 향수 오르간 앞에서 투명 인간처럼 일한다. 즉, 새로운 향수의 상당수가 이들 투명 인간 조향사들의 작품이라는 것이다.

그들이 받는 대가는 오직 오더에 대한 입금일 뿐이다.

말하자면 향수의 세계에도 위작과 대리 창조, 즉 허위와 위선의 냄새가 진동을 하고 있었다.

라파엘은 생각했다.

이제쯤 누군가 팽창적이고 물량 본위에다 몰개성적으로 변질

되어 버린 대량 향수의 세계에 새로운 패러다임을 제시할 때가 되었다는 것. 한국에서도 많은 조향사들이 독립 창작을 시도하지만 거의가 뻔한 소품에다 나만의 향수라는 이름을 달아 '호기심 소비'에 기대고 있다는 것.

하나의 새로운 세계를 이루려면 그에 걸맞은 능력이 필요했으니 첫째 덕목이 바로 후각이었다. 그런 다음에 개별 향료의 이해와 어코드 능력이 필요하고 뛰어난 영감과 창의력, 시인의 감성까지 필요했다. 조향사야말로 인체에 패션, 푸드까지 아울러야 하는 멀티형 아티스트인 것이다.

강토의 말이 에스테르가 그린 수채화처럼 귀에 너울거린다.

「단순히 아름답고 매혹적인 향수가 아니라 치유와 위로까지 가능한 향수의 세계.」

이런 패기를 본 게 얼마 만이던가?

프랑스를 떠나기 전 라파엘이 마지막으로 가르친 기수에 '테오'와 '클라하'라는 학생이 있었다.

테오는 그라스 출신이었다.

프랑스어의 측면에서 볼 때 테오는 발음이 세다. 그 이름만큼이나 재능이 튼튼했다. 미국에서 온 클라하 역시 포부와 함께 영감 능력이 뛰어났다. 그들 이후로 처음 느끼는 짜릿함이었다.

멀어지는 강토를 보며 다시 한번 향수를 음미한다.

이건 아직 진짜 향수가 아니다.

진짜 향수가 되려면 숙성이라는 시간의 경과가 필요했으니 과일로 치면 풋과일에 불과한 것이다.

그러나 라파엘은 노련한 조향사였다.

될성부른 나무는 떡잎만 봐도 안다는 말에 부합하는 걸 알았다.

이 향수의 맛은 점점 더 매혹적이고 아름다워질 것이다.

아니.

꼭 그렇게 되기를 빌었다.

'아차.'

연구소를 나온 강토가 숨을 돌릴 때였다.

저만치에서 통화 중인 준서가 보였다.

약속을 깜빡하고 있었다. 착한 준서 형. 시간이 꽤 걸렸는데도 그냥 기다리고 있었던 모양이었다.

"형."

미안한 마음에 준서 앞으로 뛰었다.

"끝났냐?"

"미안해. 아직까지 기다린 거야?"

"미안할 것까지는 없고, 왜 이렇게 오래 걸렸냐? 좋은 일? 나쁜 일?"

"좋은 일인 거 같아."

강토가 웃었다.

"진짜? 뭔데?"

"교수님 앞에서 향수를 만들었는데 칭찬하시더라."

"레알?"

"긴장하느라 형이 기다리는 것도 잊고 있었어."

"내가 기다린 건 괜찮은데, 이야, 라파엘 교수님 연구소에서 향수를 만들어? 그러니까 교수님이 너를 찐 인정하시는 거잖아?"

"인정까지야……."

"이러다 우리 스터디가 2학기 라파엘 장학금 받는 거 아니야?"

"설마?"

강토가 한 발을 뺐다.

라파엘은 학교 성적과 상관없이 향수장학금을 준다. 비정기적이다. 어떤 스터디든 괄목할 성과를 내거나 좋은 향수를 만들면 지급을 했다.

액수도 어마어마하다. 학교처럼 머릿수 채워 홍보용으로 쓰려는 막강 쪼잔 금액 30만 원, 50만 원이 아니라 스터디 단위로 1,000만 원이었다. 다만 심사가 깐깐해서 강토가 조향을 공부하는 동안 단 두 번의 지급 사례밖에 없었다. 그중 한 번의 수혜자가 남경수의 스터디 F5였다.

"못 할 거 없잖아? 최근 상황만 봐서는 우리 스터디 날씨가 가장 맑아."

"됐고, 아까 말한 거 진짜 갈 거야?"

"시그니처?"

"응."

"아니면 왜 기다렸겠냐? 나도 바쁘신 몸이다."

"그런데 학생이 만들어도 된대? 그런 거 원하는 사람들은 대개 이름 좀 난 조향 공방이나 조향사 찾아가잖아?"

"야, 솔까 우리나라에 실력 있는 조향사가 어디 있냐? 유럽에서는 우리나라 공방을 하우스에 꼽아 주지도 않는다던데?"

"그래도……."

"내가 잘 아는 분인데 아침에 준 향수 정도면 가능성 있다. 그러니까 일단 가자."

준서가 강토를 끌었다.

하필이면 지하철이 붐빌 시간이었다.

공방과 하우스.

향수를 만드는 공간인 것은 같을 수 있다. 하지만 유럽의 향수 하우스는 한국의 공방과 조금 다르다. 간단히 말하자면 명망 높은 중견 이상의 조향사들이 차린 독립 향수 제작소라고 보면 될 것 같다.

"누군데?"

출입문 옆에 서서 준서에게 물었다. 누구 시그니처를 만들자는 건지는 알아야 했다.

"내 여친."

"장난해?"

"궁금하냐?"

"아니면?"

"우리 이모."

"진짜?"

"유명 배우시다. 가면 사인 받아라."

"뭐야?"

강토 목소리가 늘어진다.

"솔까 유명 배우는 옛날 얘기고… 이모는 우리 엄마 절친이라 그렇게 부르고……."

"그럼 형네 엄마도 연예인이셨어?"

"쉬잇, 톱 시크릿."

준서가 손가락으로 '조용히' 사인을 보냈다.

박준서.

그러고 보면 베티베르 향료처럼 베일에 싸인 구석이 있었다. 따지고 보면 편입생에, 요리기능사 자격증 4관왕, 쇼콜라티에를 꿈꾼다는 것 외에 아는 게 없었다. 아, 한 가지 더 있기는 했다. 가끔 밥하고 술도 잘 사 준다는 것.

"부담스럽지?"

"뭐 조금……."

"미안하다. 그런데 그 왕년의 스타님이 시간이 별로 없어서 말이야."

"그건 또 무슨 말?"

"공부 잘하니까 기억하겠네? 캐고스미아(Cagosmia)."

"어, 예전에 수업 시간에 들은 거잖아? 모든 냄새가 악취로 느껴지는 희귀 난치병?"

"역시 아는구나?"

"형."

"그 병에 걸리셨어. 뇌종양으로 온 것 같다고 후각신경을 싹뚝 할 수술을 앞두고 계셔."

"그런데 웬 시그니처?"

"이분이 향수 마니아셨거든. 덕분에 우리 엄마도 향수를 알게 되었고 나도 초콜릿에 먹는 향수를 응용해 볼까 싶었던 거고. 뭐, 그거 말고도 이유는 많지만."

"그런데?"

"뭐가 그런데야? 후각신경을 제거하면 다시는 냄새 못 맡잖아? 그런데 그분이 그 전에 맡고 싶어 하는 향수가 있어. 네 말대로 방송가에서 연예인들 상대로 공방 좀 한다는 사람들 몇 명 불러다 맡겼는데 실패했고."

"누구누구 불렀는데?"

"청담동 제이미와 인사동 퓨퓨리?"

제이미는 강토도 안다. 이창길 교수 라인이다. 실습 때 초빙

되어 온 적이 있었다. 할리우드에서 활동했네, 린제이 로한과 아드리아 아르조나의 시그니처도 자기 작품이라며 자랑깨나 늘어놓던 사람이다. 유럽 조향 학교 출신에 이창길와의 교분 때문인지 제대로 도도했다.

"그런데 실패?"

"공방 차려서 개폼만 잡지 꽝이더라. 이모 부탁으로 내가 모셔 갔는데 일주일 지나니까 향수가 악수(惡水)로 변하는 거 있지?"

"캐고스미아면 모든 냄새를 악취로 맡아서 그러는 거 아냐?"

"미안하지만 '모든'은 아니거든. 극히 일부는 큰 거부 반응 없이 맡으셔. 커피나 사이다, 큰 자극 없는 풀 냄새와 나무 냄새, 그리고 그 향수… 그러다 보니 그런 생각을 하셨던 거고."

"……."

"쫄았냐?"

"아니."

"오, 그 똥배짱 마음에 드는데?"

"지금 장난해?"

"수술 날이 두 달 정도 남으셨어. 우리 엄마가 거의 날마다 출근 도장 찍으며 위로하는데 여전히 그 노래라는 거야. 그 향수나 한번 제대로 맡아 보고 수술했으면 좋겠다고."

"그 향수가 뭔데?"

"옛날에 잘나갈 때 중동의 예멘에 로케 갔다가 골동품 가게에서 샀다네. 그 작은 걸 무려 500불이나 줬대. 그때도 이미 단종된 거라서 아끼고 아껴서 뿌렸고 이후로 사람을 시켜 구 · 매를 알아봤지만 다시는……."

"예멘?"

"아, 너도 예멘에서 살았었다며?"

"응. 몇 년……."

"네가 준 향수 보니까 그게 매칭이 되더라? 돌연 향수 만렙 궁극에 도달한 사기캐 윤강토가 우리 이모 소원 좀 들어줄 수 있으려나?"

"형."

"내가 네 향수 뿌리면서 바람 좀 잡아 볼게. 그때 네가 그 향수가 뭔지 확인해 봐. 혹시 또 아냐? 그리고 안 돼도 이모를 도와주려는 내 마음은 남을 거 아냐? 그분이 우리 엄마 많이 도와주셨거든. 나도 그렇고……."

"뭐야? 꼭 도와주고 싶다는 걸 열라 복잡하게 말하네?"

"아, 짜식, 진짜 눈치는 빨라 가지고."

준서가 어깨를 쥐어박는다. 말투를 보니 진짜다. 농담할 사람도 아니니 더 묻지 않았다.

캐고스미아.

후각에 문제가 생기면서 관심이 있던 병이다. 후맹의 입장에서 보면 약취(弱臭)도 고마울 뿐이었다. 그런 강토보다도 더 최악인 사람이 있다니. 세상의 아름다운 향기가 다 악취로 느껴진다니. 그게 또 준서가 아는 사람이라니⋯⋯.

그때 진동이 들어왔다.

'어? 작은아버지?'

"웬일이세요?"

전화를 받았다.

—야, 윤강토.

"저 추가 검사 결과 나왔어요?"

—어? 그래⋯⋯.

"그 일이 아니군요?"

—그래, 그 일도 중요하지만 그 건이 아니야.

"그럼요? 뭐가 잘못되었나요?"

—그 반대다. 반대.

"반대라고요?"

—네가 저번에 말한 비글 암 프로젝트 자원자 말이다. 네가 암 환자라고 찍어 준 박광수 회장님. 기억나냐?

"예."

—폐암 진단 나왔어. 네 말이 맞았다고.

"예?"

—너, 솔직히 말해 봐. 찍은 거야? 아니면 진짜 후각으로 안 거야?

"또 그 말 하시네? 그건 전에 말씀드렸잖아요?"

─후각이다?

"예."

─으아, 미치겠다. 비글도 못 잡아낸 폐암 냄새를 네가 잡아내다니.

"아무튼 다행이네요?"

─다행이고말고. 두 번의 내원으로도 이상이 없다고 나와서 과민성이라고 진단이 나갈 예정이었대. 그런데 내 말이라두 판 잡고 해 본다며 왼쪽 폐에 집중하더니 초기 암 병소 진단에 성공을 한 거야. 송 과장 말이 천운이라고 하더라고.

"작은아버지에게도 좋은 건가요?"

─당연하지? 네가 내 조칸데? 목에 힘 좀 줬다.

"그럼 더 다행이네요."

─그보다 그분이 너를 뵙기를 원하서. 네가 대학생이라고 했더니 장학금이라도 주겠다고 하신대. 이분이 백화점에 패션업에 굉장한 분이거든.

"제가 받아도 되나요?"

─물론이지.

"그럼 나중에 연락드릴게요. 지금은 중요한 일이 있어서요."

─나 퇴근하고 너희 집에 간다? 한 번 더 도와줘야 할 거 같으니까 집에서 보자.

"알바비만 주신다면 오케이예요."

─알바비뿐이냐? 우리 송 과장도 너 좀 다시 보고 싶다고

벼르는 중이야. 자기 눈으로 확인하고 싶다나?

"알았어요, 고맙습니다."

강토가 전화를 끊었다.

"무슨 소리야? 암 어쩌고 하는 말이 들리는 거 같던데? 혹시 너희 할아버지?"

준서가 물었다.

"그게 아니고 저번에 우리 작은아버지 병원에 갔을 때 있잖아? 그때 폐암 환자를 찾아 줬거든."

"폐암 환자를? 네가?"

"왜? 나는 그러면 안 돼?"

"야, 네가 무슨… 의사도 아니면서?"

"형, 전에 강의 중에 그런 말 못 들었어? 후각이 발달하면 향 원료 구분은 물론이고 질병도 알아낼 수 있다는 거?"

"그거야 교수님들이 우리 자극하느라고 하는 말이잖아?"

"아니야. 조 말론은 실제로 아밀아세테이트를 백만분의 1 회석까지 알아낸다잖아? 남편 몸의 냄새로 암도 찾아냈다는 사실 잊었어?"

"하지만……"

"보통 사람도 웬만한 냄새는 다 맡아. 흔하게는 발 고린내를 시작으로 술 냄새, 고등어 냄새, 김치 냄새… 그러니 후각이 뛰어나면 그보다 복잡한 냄새도 맡게 되는 거 아니야?"

"진짜로 암 환자를 찾아낸 거냐? 청진기 같은 것도 안 쓰고 단지 후각으로?"

"비글 두 마리하고 겨뤄서 내가 이겼지."

"으아, 진짜 돌아가시겠네."

"또."

"미안, 의심하는 건 아니지만 매번 놀라워서… 5월 들어서면서부터 네 미친 버닝 때문에 정신이 하나도 없다."

"그럼 그 정신 줄 제대로 잡아매 둬."

"왜?"

"앞으로 더 정신없어질지도 모르거든."

강토는 웃지만 준서는 왠지 오싹해졌다.

*   *   *

"여기다."

준서가 양지 바른 골목길에서 멈췄다. 저 멀리로 남산이 보인다. 강토 집에서 그리 멀지 않은 장충동이었다. 단정한 담장이 정다워 보인다. 그 앞에 하얀 차 아베오가 서 있다.

"잠깐."

준서가 뭔가를 꺼내 들었다. 그걸 강토에게 뿌린다.

치잇.

원두커피 향이 났다.

"커피 향수?"

"내가 만든 거다. 퀄리티는 좀 구리지?"

"향수라고 하기엔……."

"이모가 커피 향은 소화를 시키시거든. 다른 건 냄새만 맡아도 바로 직빵 오바이트 확률 95.8%."

우엑.

준서가 리얼한 연기 시범을 보였다.

"그 정도야?"

"그래서 방송활동도 중단. 비누, 샴푸, 세제… 뭐든지 다 향기 없는 제품만 쓰신다. 심지어는 쌀까지도 어떤 품종은 비누 냄새 난다고 하실 정도거든."

"힘드시겠다."

"당연하지. 어떤 날은 유기견 한 마리가 뛰어 들어왔는데 비 오는 날이라 잔뜩 젖어 있었던 거야. 이모님, 그날 개 누린내 때문에 응급실에 실려 갔잖냐?"

"허얼."

"옆집에서 불고기나 삼겹살만 구워 먹어도 부패한 기름 냄새가 속을 뒤집는다고 하소연이시지."

이쯤 되면 세상이 악몽이다.

큼큼.

강토가 냄새 체크에 들어갔다. 연구소에서 노출되었던 향기 분자가 아직 남았다. 커피 향에 가려졌지만 최악의 캐고스미아라면 감지할지도 몰랐다.

"커피 향 좀 더 뿌려 줘."

자진 신고를 했다.

치익치익.

스프레이가 허공에 무지개를 그릴 정도로 열일을 했다. 그제야 잡내들이 멀어졌다. 강토 후각에도 희미하니 이 정도면 안전할 것 같았다.

"그럼 진입한다."

"오케이."

잔뜩 긴장한 채 준서 뒤를 따랐다.

"……"

정원에 들어선 강토가 그 자리에 멈췄다. 정원은 휑하니 비어 있었다. 그저 나무로 만든 흔들의자가 있을 뿐이다. 꽤 넓은 편임에도 흔한 장미나 라일락 하나 없는 것이다.

아니다.

딱 한 그루의 나무가 있기는 했다.

봄에 흰 꽃이 피는 조팝나무였다.

그 말은 곧 그녀가 조팝나무의 냄새에서도 안전하다는 뜻이었다.

"준서 왔구나."

이모가 나왔다. 혼자가 아니라 둘이었다. 뇌종양에 희귀병까지 겹친 환자라기에 굉장히 수척하려나 했는데 기우였다. 게다가 연예인의 포스 때문인지 얼핏 보면 40대 초반으로 보이는 동안 미인이었다.

게다가 그 옆에 선 여자는, 차라리 여신으로 보였다.

낯이 익었다.

베를린 국제영화제에서 여우주연상을 꿰차며 단숨에 주목받는 신인으로 떠오른 공현아였다. 초봄에 영화를 봤기에 기억하고 있었다. 그라스의 장미 정원에서 걸어 나오는 장미꽃처럼 우아해 보였다. 연예인을 직접 보는 건 처음이었다.

"현아랑 본 적 있지?"

손 여사가 준서를 바라본다.

"네, 안녕?"

준서가 그녀에게 인사를 건넨다. 그녀의 눈길이 건너오자 강토도 가벼운 목 인사로 때웠다. 준서와 눈인사를 나눈 그녀가 강토를 지나갔다.

향수.

연예인은 어떤 향수를 쓸까?

살짝 기대했지만…….

"……?"

그녀에게서 풍기는 건…….

향수가 아니라 여자의 자연 향.

수선화와 비스킷 냄새였다.

상미나 다인의 것보다 더 깊었다.

손 여사를 위해 향수를 뿌리지 않은 모양이었다.

신선한 수선화에 갓 구운 비스킷 냄새, 아련해서 더 아찔한 여운을 남긴다. 강토는 그녀의 동선을 따라 잠시 넋을 놓고 있었다.

"흠흠, 정신 줄 챙기자."

그녀가 멀어지자 준서가 기척과 함께 강토 옆구리를 찔렀다.

"아주 뻑 가는구나?"

"놀라서 그런 거야. 공현아 맞지?"

강토가 웃었다. 이성으로서의 관심은 아니었다. 물론 강토 후각에 미치지 못하는 준서가 알 리 없는 일이었다.

"그래. 현아네 어머니도 이모하고 절친이다. 우리 엄마까지 합치면 3공주라고나 할까?"

"공현아 엄마도 연예인이야?"

"그랬다지?"

"그럼 형이랑 공현아는?"

"그냥 얼굴 아는 정도인데 나이로는 내 동생뻘? 공현아는 파리에서 학교 다니다 대학 들어가면서 한국으로 왔거든."

"……."

"아, 이제 보니 너도 그렇잖아?"

"그렇기는……."

가볍게 대꾸하는 사이도 없이 배웅을 마친 손 여사가 돌아왔다. 흰색 소형차 아베오는 공현아가 타고 온 차였나 보다.

그 차가 멀어진다. 신인이라지만 연예인 신분인데 국산 소형 차. 소박함이 좋은 인상으로 남았다.

"이모, 제 동기 윤강토예요. 우리 조향학과에 혜성처럼 등장한 에이스고요."

준서의 소개가 오버를 한다.

"안녕하세요?"

잇따른 돌발에 변명도 못 하고 인사를 하는 강토.

"미남이네?"

"저희 냄새 괜찮아요?"

준서가 사전 점검에 돌입한다.

"흠흠, 커피 마셨어? 그 정도는 참을 만해."

손 여사가 웃었다.

"현아 씨 자주 오나 봐요?"

"촬영 가는 길에 들렀단다. 지 엄마가 심심한 장아찌를 보냈어."

"네에."

"준서는 어쩐 일로?"

"실은요, 이 친구가 향수 천재예요. 그래서 데려왔어요. 이모가 인생 시그니처로 삼았다는 그 향수 있잖아요."

"천재? 그렇게 재주가 좋아?"

"그럼요. 어쩌면 그 향수 만들 수 있을지도 몰라요. 지금도 프랑스에서 온 유명한 조향사 교수님에게 인정받고 온 걸요."

"그래서 일부러 데려왔나 보네?"

"저희 집도 여기서 가깝습니다."

강토가 지원사격을 했다.

장충동에서 예장동.

사실 아주 가깝지는 않다. 걸어가려면 대략 30분 이상 걸린다.

"일단 들어가자."

손 여사가 둘의 등을 밀었다.

장면이 바뀌었다. 거실이다. 여기도 휑했다. 흔한 화초 하나 없고 방향제의 흔적도 없었다.

"사진하고 상패 같은 것도 냄새난다고 다 치우셨어."

준서가 속삭였다.

그녀가 내온 건 커피였다.

"미안. 내가 다른 차는 냄새조차 맡을 수 없어서……."

"괜찮아요. 제가 다 설명하고 온 걸요."

준서가 답했다.

"이모 챙겨 주는 건 고마운데 그냥 커피만 마시고 가렴. 내가 곰곰히 생각해 봤는데 그 향수를 만드는 건 욕심인 거 같아. 다행히 내 기억 속에는 생생하니까."

"이모, 강토는 진짜 할 수 있을지도 몰라요."

"아니야. 그동안 그거 때문에 고생한 사람이 한둘이야? 내 욕심 때문에 괜한 사람들이 참 많이도 고생했지."

"이모, 다른 향수 있는데 한번 뿌려 봐도 돼요?"

"향수?"

손 여사가 약간의 우려를 나타냈다.

"조금만 뿌려 볼게요. 맡아 보고 마음에 안 들면 얘기하세요."

준서가 일어섰다. 창으로 가더니 강토의 장미 향수를 블로터에 뿌린다. 그걸 가져와 손 여사에게 안전 거리를 두고서 가볍게 흔들었다.

"어때요?"

"음."

향을 맡은 손 여사가 욕실로 뛰었다.

"형, 그냥 가자."

강토가 고개를 저었다.

"아, 이 향은 통할 줄 알았는데……."

준서가 블로터를 가방에 욱여넣었다.

향수.

네임드라고 해도 수십 종류의 합성향료를 비롯해 많게는 수백 종의 향료가 들어간다. 하지만 강토의 장미는 드물게 천연이다. 게다가 향도 탁월하고 상큼했기에 기대를 했던 준서였다.

웩우엑.

손 여사의 오바이트 소리가 높아진다. 그럴수록 두 남자의 면목은 땅에 떨어지고 있었다.

"이모, 죄송해요. 저 그만 가 볼게요."

준서가 인사를 했다. 거의 모든 냄새가 고통인 손 여사, 그렇다면 원인을 제공한 사람은 일찌감치 퇴장하는 게 상책이라는 걸 아는 준서였다.

"잠깐만."

안에서 반응이 나왔다. 돌아서던 준서와 강토가 멈췄다.

"아휴, 이놈의 코… 아예 막고 살면 좋은데… 귀는 막으면 그만이고 눈도 안 보면 그만인데 코는 어쩔 수가 없네."

손 여사의 말에 강토가 쿡, 터지는 웃음을 막았다.

"웃어?"

손 여사가 강토를 바라보았다.

"지금은 반전이 되었지만 얘도 얼마 전까지 냄새 때문에 좀 힘들었거든요."

"냄새 때문에? 그럼 그 학생도 캐고스미아야?"

"강토는 코가 막힌 건지 냄새를 거의 못 맡았어요. 생각해 보세요. 조향사는 냄새를 잘 맡아야 하는데 맡을 수가 없으니……."

"정말 그렇네?"

손 여사의 얼굴에 걱정이 드리워진다. 앞길 창창한 청년이니 말만 들어도 걱정이 되는 것이다.

"저희 가 볼게요. 죄송합니다, 이모."

준서가 다시 인사를 할 때였다. 손 여사가 손을 내밀었다.

"아까 그거 다시 줘 봐."

"네?"

"시향지 말이야."

"이모."

준서 눈이 휘둥그레지지만,

"괜찮아. 처음에는 코에다 피고름에 적신 계핏가루를 밀어넣는 것 같더니 조금씩 나아지는 거 있지."

손 여사의 손은 내려가지 않았다.

준서가 다시 블로터를 내주었다. 손 여사는 깊은 심호흡 후에 시향에 들어갔다.

"장미 향이지?"

"네, 강토가 진짜 장미 향을 추출해서 만든 거예요. 합성향료가 아니고요."

"조금은 닮았어."

"네?"

"내가 인생 시그니처로 삼은 향수하고 말이야. 잠깐만 기다려 봐."

손 여사가 장식장으로 걸었다. 거기 맨 아래의 서랍을 열자 나무 상자가 나왔다. 그 안에서 오래된 향수병들이 나왔다.

"다 쓰고 냄새만 희미하게 남았어. 한번 맡아 봐."

"……"

강토가 병을 받아 들었다. 병은 좀 조악했다. 척 봐도 소분
된 향수였다. 많은 조향사들이 이 향의 근처에도 가지 못한
이유 중의 하나였다. 병을 모르니 브랜드를 모른다. 그렇다면
오직 후각에 의존해야 했다. 한국의 향수 공방은 유럽의 전문
조향사들에게 질이나 양적으로 밀린다. 당연히 카피하기 어려
울 일이었다.

게다가…….

스프레이는 괜한 헛발질만 해 댔다. 향수병 안에는 향수가
한 방울도 남아 있지 않았다.

"없네?"

준서가 확인을 해 준다.

그럼에도 강토의 후각은 이미 기체색층분석기를 돌리고 있
었다. 액체는 나오지 않지만 향의 분자는 말라붙었다. 손 여
사 말대로 희미하지만 에밀아세테이트 백만분의 1 희석액의
냄새보다는 나은 편이었다.

준서와 손 여사의 시선이 강토에게 꽂혔다. 둘의 시선은 긴
장 속에서 정지되었지만 강토 코 안으로 들어온 향기의 분자
들은 쾌속으로 분석되고 있었다.

'조금은 닮았어.'

손 여사의 말은 사실이었다.

이 향수에는 장미 향이 있었다. 다음으로 감지된 건 제비꽃
이었다. 하지만 그보다 먼저 들어온 게 삼나무 향, 시더우드였

다. 기타 몇몇 향료 분자들이 메마른 향수병 속에서도 촉촉한 윤기에 더불어 희미한 색깔을 반짝거렸다. 달콤한 감동은 없지만 숭고하다.

다른 한 면으로는 순백의 아이 같은 느낌도 온다. 한마디로 어코드의 경지를 보여 주는 향수 같았다.

명품이네.

후우.

강토가 향수병을 코에서 떼었다.

준서가 손을 내민다. 그에게 향수병을 넘겼다.

"향이 너무 약하다. 뭐지?"

애를 써 보지만 준서에게는 무리였다. 그저 아련함이 느껴질 뿐 어떤 향인지 분간하기 어려웠다.

"냄새가 좀 남았어?"

손 여사가 강토를 바라보았다.

"장미와 제비꽃이 정답게 손을 잡은 향수였네요. 그걸 떠받드는 삼나무 향 시더우드가 굉장히 멋져요. 아마도 뿌릴 때마다 마음이 청초한 소녀가 되었을 것 같아요. 첫사랑을 앞에 둔 듯 설렘 가득, 열정 가득 말이에요."

"어머."

손 여사의 눈빛이 출렁거렸다.

"대략 맞았나요?"

"대략이 아니야. 아주 딱인걸?"

"정말요?"

손 여사 반응에 준서 눈까지 휘둥그레졌다.

"나한테 판 외국인이 그랬거든. 삼나무 울타리 안에서 장미와 제비꽃이 아름다운 정원을 이룬 곳. 여자라면 누구든 청순하고 촉촉한 순수의 소녀 시절로 돌아가게 하는 성스러운 마법의 향수라고."

"우와."

"제대로 맞힌 사람은 이 친구가 처음이야. 다른 조향사들은 대개 장미 향이라든지, 시더우드 계열이라고 했을 뿐이거든."

"혹시 말이에요, 처음 샀을 때 달콤한 향도 있었나요?"

강토가 추가 질문을 던졌다.

제비꽃 때문이었다. 제비꽃은 기본적으로 달달하고 부드러운 파우더리 향이다. 그런데 달콤한 향이 거의 느껴지지 않았다. 오래되어서 그런 건지 아니면 처음부터 그런 건지 파악이 필요했다.

"있긴 했는데 약했지. 잔향 뒤에 살짝 느껴지는 정도랄까?"

손 여사의 소감이 나온다. 그렇다면 향이 약한 제비꽃이었든지, 첨가량이 미량이었든지, 그도 아니면 시더우드의 마법일 수도 있었다.

"이모, 강토에게 한번 맡겨 보세요. 이모랑은 굉장한 인연 같아요. 예멘처럼 쉽게 가기 어려운 나라를 다녀온 것도, 후각으로 고생한 것도······."

준서가 분위기를 띄운다.

"그럼 우리가 천생연분이야?"

손 여사가 준서를 바라본다.

"제 생각에는요."

"어때? 한번 해 보겠어?"

손 여사가 강토를 돌아본다.

"네, 제가 한번 해 보겠습니다."

강토 대답은 시원했다.

"좋아. 성공하면 2학기 등록금은 내가 대 준다."

"앗, 고맙습니다."

"하지만 그 전에 준비를 끝내야 해. 내가 뇌종양 때문에 곧 후각신경 제거술을 받아야 하거든."

'뇌종양······.'

중요한 옵션이 나왔다. 강토의 코가 다시 한번 출격한다. 얼마나 심한 건지 궁금했다.

"왜?"

손 여사가 바라보지만 강토는 오히려 눈을 감아 버렸다. 눈을 감으면 냄새 분자들이 조금 더 또렷해진다. 암이나 중병의 환자들의 체내 화학반응은 정상인과 조금 다르다. 비글이 초기 암 환자를 찾아내는 것도 그런 원리였다. 뇌종양 환자의 혈청 냄새는 병원에서 이미 체험한 강토였다.

손 여사의 냄새⋯⋯.

그 냄새에 대입을 시켜 본다.

덜컥.

아귀가 맞지 않는다. 돌발이었다.

"죄송하지만⋯⋯."

눈을 뜬 강토 목소리가 떨렸다.

"역시 어렵겠지?"

"그게 아니라⋯⋯."

흠흠.

한 번 더 냄새를 확인한 강토, 충격적인 발언을 토해 놓았다.

"이모님은 뇌종양이 아닌 거 같습니다."

*   *   *

"학생?"

손 여사 눈이 휘둥그레졌다.

"죄송하지만 진단을 다시 받아 보시면 안 될까요?"

강토가 의견을 냈다.

블랑쉬의 후각이다.

착취의 삶을 살면서도 당대의 모든 냄새를 섭렵한 후각의 천재. 암은 향수가 아니니 절대적이라는 말은 못 하지만 미스는 아니었다. 몇 번을 확인해도 마찬가지였다. 다른 사안이라면 그냥 넘겨 버릴 수도 있었다. 하지만 뇌종양이다. 더구나 후각신경 절제를 할 판이었다.

"이 진단은 K 종합병원에서 받은 거야."

"저희 작은아버지께서 SS병원 이비인후과 과장이십니다. 그러니 그분에게 한 번만……."

"그러니까 학생이 냄새를 맡아 보니 내가 뇌종양이 아니다?"

"예."

"그럼 내 후각이상은 어째서일까? 내 주치의는 뇌종양에서 온 게 틀림없다고 하던데?"

"그건 제가 잘 모릅니다. 하지만 저희 작은아버지께서는 알 겁니다."

"괜한 수고야. K 병원 가기 전에 진료받던 H 대학병원에서도 그렇게 말했거든. 이 악취병의 원인이 잘 안 나와서 두 병원이나 거친 거야."

"형."

강토가 준서를 돌아본다. 지원사격 요청이었다.

"맞아요. 강토가 냄새로 암 환자를 찾아내기도 했거든요."

"얘들이 정말……."

손 여사 미소가 웃퍼진다. 이해가 간다. 누가 이런 말을 덥석 받아들일 것인가. 그런데 곰곰 생각해 보니 기사가 있었다.

"잠깐만요."

강토가 핸드폰을 꺼내 들었다. 재빨리 검색에 들어갔다.

"보세요."

검색 기사가 나오자 손 여사 앞에 내밀었다.

"조 말론?"

"아세요?"

"향수 문외한이 아니면 왜 모를까? 최고의 조향사 중의 한 사람이잖아?"

"그럼 잘됐네요. 그분도 냄새로 남편의 암을 발견했거든요."

강토가 기사를 가리켰다.

"……."

내용을 확인한 손 여사 표정에 변화가 보인다. 강토 말이 거짓이 아니라는 게 증명된 것이다.

하지만.

강토가 조 말론인 것은 아니었다.

그렇기에 손 여사의 마음은 쉽게 변하지 않았다.

"여사님, 제가 이 향수 꼭 만들어 올게요. 그게 마음에 드시면 SS병원에 가 보실래요?"

강토가 승부수를 띄웠다. 다른 뜻은 없었다.

암이다.

뇌종양.

이름이 주는 무게감 때문에라도 외면할 수 없었다.

"그렇게 하지."

손 여사의 약속이 나왔다.

마지막으로 향수 스프레이 분출구를 분리하고 리넨을 넣었다. 잠시 후에 리넨을 꺼내니 향이 살짝 배어 있다. 이 정도면 참고가 될 것 같았다.

"야, 윤강토."

밖으로 나오자 준서가 강토 어깨를 잡았다.

"왜?"

"너 책임질 수 있냐? 우리 이모가 뇌종양 아니라는 거?"

"냄새로는 그렇게 보여."

"아, 미치겠네. 이 후각 천재 말을 믿을 수도 없고 안 믿을 수도 없고."

준서가 몸서리를 쳤다.

"오늘 우리 작은아버지가 오시기로 했으니까 내가 자세히 물어볼게."

"이모 향수는?"

"만들어야지."

"내가 도와줄 일은 없냐?"

"손 여사님 말이야, 갑자기 후각신경 절제만 못 하게 해 줘."

"향료는? 너네 다락방 원료 가지고 되겠냐?"

"안 되지."

"그런데 어떻게?"

"라파엘 교수님 연구소의 조향 오르간 정도면 될 거 같은데?"

"그분이 그 오르간을 내주겠냐?"

"아, 형이 도와줄 일 생겼다."

"뭔데?"

"쇼콜라티에 실력 좀 발휘해 봐. 뇌물로 공략하자."

"야, 그분은 그런 거 안 통해. 이 교수님이라면 몰라도……"

"형, 초콜릿 말이야, 피기 직전의 장미 모양으로 만들어 봐. 프랑스 국기처럼 삼색으로. 그리고 내 향수 있지? 에센스 희석한 거 조금 줄 테니까 반죽에 살짝 떨어뜨려. 그러면 도움이 될지도 몰라. 형이 만들었다는 건 꼭 밝혀 줄게."

"야, 지금 내가 만든 게 문제냐?"

"아무튼."

강토가 돌아섰다.

"야, 윤강토. 언제까지?"

"2주면 되겠어? 나 향수 에센스 모으는 데 그 정도는 걸릴 거 같아."

그 말을 남긴 강토가 멀어졌다.

"아, 씨……"

준서가 숨을 몰아쉰다. 손 여사의 인생 향수 카피 허락은 나왔다. 그런데 엉뚱한 돌발까지 딸려 나왔다.

뇌종양.

손 여사의 뇌종양은 준서의 어머니도 알고 있었다. 후각신경 절제 수술 날 보호자로 따라간다고 달력에 체크까지 해 두었다. 그런데 뇌종양이 아니라니.

게다가 의사가 아니라 조향학과 학생인 강토의 진단. 어머니 역시 쉽게 믿지는 않을 것 같았다.

거기에 덧붙여진 오더는?

프랑스 국기처럼 삼색의 장미 초콜릿.

그렇다면 빨강, 하양, 파랑이었다.

준서가 혼자 중얼거린다.

'일단 닥치고 만들긴 해야겠네.'

준서는 세 가지가 궁금했다.

손 여사는 뇌종양이 아닌 걸까?

강토는 과연 손 여사의 시그니처를 재현할 수 있을까?

라파엘이 그의 조향 오르간을 내줄까?

기웃.

집으로 돌아오던 강토 걸음이 방 시인의 대문 앞에서 멈췄다.

흠흠.

후각을 가다듬고 냄새를 맡아 본다. 타깃은 제비꽃이었다. 희미하지만 향기가 감지되었다. 여러 냄새에 섞였지만 특유의 부드럽고 파운더리한 향은 감추지 못한다.

"뭐 해?"

넋을 놓고 있을 때 누군가가 강토 어깨를 건드렸다.

방 시인님.

냄새만으로도 그녀를 알았다.

"안녕하세요?"

강토가 붙임성 있게 인사를 했다. 그녀에게서 향수 냄새가 났다. 강토가 주었던 그 장미 향수였다. 조금 더 두었다 쓰면 좋으련만 조바심에 뿌리고 다니는 모양이었다.

"멋진 총각이 거푸 날 보러 온 건 아닐 테고?"

방 시인이 웃는다.

"죄송합니다. 실은 제비꽃 향이 풍겨서요."

"이번에는 제비꽃 향수 만들게?"

"네."

강토의 대답은 주저가 없었다.

"표정 보니 진짜네?"

"후각에 문제가 생겨서 고생하는 분이 계시거든요. 그분을 위한 향수를 만들려고 하는데 천연 제비꽃 향이 필요해서요."

"요즘은 그런 거 다 인터넷에서 살 수 있지 않아? 에센스 말이야."

"살 수는 있는데 천연 향이랑은 많이 다르거든요."

"우리 집 제비꽃 향이 마음에 들었나 보네?"

"자세히 좀 볼 수 있을까요?"

"좋아. 멋진 선물도 받았으니……."

방 시인이 대문을 열어 주었다.

"와아."

뒤뜰로 들어서자 감탄이 저절로 나왔다. 방 시인의 정원은 앞보다 뒤쪽이 더 아름다웠다. 생각보다 많은 야생화가 있었으니 쥐똥나무와 으아리, 송엽국까지 볼 수 있었다. 다행히 꽃도 피었다.

"이 꽃 뭔지 알겠어?"

"쥐똥나무요."

대답하는 강토의 코는 이미 분주해진 후였다. 처음 맡는 향들이니 사양할 리 없었다.

줍줍줍이다.

닥치는 대로 후각망울을 거쳐 대뇌로 보내는 것이다.

"향기가 너무 좋은데요?"

쥐똥나무.

그 향은 이름하고 완전 달랐다.

"역시 향수 전공하는 학생이라 다르네?"

"제비꽃도 한두 가지가 아니네요?"

제비꽃은 아예 작은 군락이다. 강토가 자세를 낮췄다. 제비꽃은 작다. 멀뚱히 서서 감상하는 건 예의가 아니었다.

그런데.

옥의 티가 나왔다.

향기 속에 독한 냄새가 섞였다. 살충제 같았다.

"살충제 뿌리셨네요? 아침이었나요?"

"냄새가 아직도 나?"

"조금요."

"와아, 후각이 정말 뛰어나네? 저쪽 수련목에 진딧물이 생겨서 조금 뿌렸어. 그래도 제비꽃에는 안 뿌렸으니 걱정 마."

"네."

그냥 웃어넘겼다. 살충제 분자는 날개가 달렸다. 수련목이라야 고작 2미터 거리. 주변에 영향을 주지 않을 수 없는 것이다.

"그냥 제비꽃에 남산제비꽃, 그리고 홍화제비꽃이야. 내가 어릴 때 제비꽃을 좋아했거든. 꽃이 지고 난 후에 열매 터뜨리는 재미도 좋았고."

방 시인이 제비꽃을 가리키며 열매 터뜨리는 시늉을 한다. 뿍뿍뿍.

"네에."

"남산제비꽃도 그렇지만 홍화제비꽃 향이 굉장히 은은해. 소리 없이 사람을 홀린다고 할까? 자태도 꼭 모란의 축소판처럼 당당하지 않아?"

"정말 그렇네요."

"학생이 꽃 정말 좋아하네. 그렇게 코를 가까이 대고 향을 감상하는 사람은 처음이야."

방 시인이 웃는다. 강토의 코가 거의 꽃에 닿았기 때문이었다.

강토의 후각 포스라면 서서도 향을 맡을 수 있다. 그럼에도 자세를 낮추기도 하고 높이기도 하는 건 손 여사 향수와의 매칭 때문이었다.

「메칠 이오논」.

오면서 제비꽃 합성 화합물을 생각했다.

α—이오논, β—이오논, 메칠 이오논 부류는 합성향료로서의 장구한 역사를 자랑한다. 수요도 많다. 이오논의 사이클로헥센 고리에 메틸기 하나를 치환시키면 생성되는 게 α—이오논이다. 바로 제비꽃 향인데 실제 제비꽃보다 더 좋은 향이 나온다.

α—이오논 냄새는 그라스의 향수 오르간에서 맡았다. 라파엘의 연구소에서도 맡았다. 그렇기에 천연 향과의 차이를 비교하는 중이었다.

손 여사의 향수에는 α—이오논 이상의 것이 있었다. 그게 뭘까? 시간의 향이 묻은 것일까? 그도 아니면 최상급 천연 향이었을까?

물론 다른 천연 소재도 있다.

바로 아이리스였다.

아이리스는 신들의 정령으로 불린다. 꽃도 그렇지만 뿌리가 제대로다. 이 향료는 고정제로도 쓰인다. 이 향에서도 제비꽃, 즉 바이올렛 향이 난다. 하지만 달달한 느낌이 세다. 블랑쉬의 후각처럼 알뜰하게도 쓸모가 많았다.

다행히도 대조군이 좋았다.

제비꽃.

남산제비꽃.

홍화제비꽃.

세 가지가 향을 뿜낸다. 양지바른 뜨락인 데다 담장 너머가 남산 기슭이라 실내나 베란다에서 기르는 것과는 향의 포스부터 달랐다. 해가 떨어지는 오후임에도.

'아하.'

강토의 분석은 미량의 디테일 속으로 들어갔다. 살충제는 아침에 뿌린 게 다행이었다. 조금 전에 뿌렸다면 애로가 될 상황이었다.

강토는 라파엘의 테스트 때보다도 몰입하고 있었다. 아무래도 손 여사의 암 때문이었다.

후각은 보이지 않는 축복이다.

시각이나 청각에 비해 다소 저평가되는 측면이 있지만 후각이 없다면 꽃의 아름다움도 반감된다. 천만 가지 꽃에 다 향이 없다면? 상상만 해도 삭막하다.

그렇기에 강토는 한 치의 오차도 허용할 수 없었다.

오직 제비꽃들의 향기만 잡고 놓기를 수십 번.

"……?"

은은하게 번지는 홍화제비꽃 향에서 단서를 잡았다.

깨끗하게 정돈된 제비꽃 향에 묻어 오던 거부감 없는 잡내들. 그건 분명 자연에서 딸려 온 향이었다.

그렇다면.

'α—이오논에 천연 제비꽃 향 조합.'

투 톤의 제비꽃 향.

마침내 결론을 내린 강토 얼굴에서 무게감이 사라졌다. 어코드의 비밀 하나를 풀어낸 것이다.

'옹?'

그런데.

돌아 보니 방 시인이 없었다.

"이제 끝났어?"

잠시 후 방 시인이 돌아왔다.

"어머."

그녀가 소스라친다. 강토 때문이었다. 제비꽃 두어 송이를 먹고 있는 게 아닌가?

"살충제 때문이면 걱정 마세요. 물로 씻었거든요."

"그게 아니고… 꽃을 먹어?"

"죄송해요. 궁금한 게 많아서요."

강토가 얼굴을 붉히자 그 손에 음료수가 쥐어졌다.

"마셔."

"감사합니다."

"조향은 그렇게 배우는 거야? 보는 내가 다 홀릴 정도네."

"제비꽃 향하고 친해지느라고요."

"어쩜, 표현이 나보다 더 시적이네."

"향수도 화학의 시거든요."

"어머, 그 말 너무 멋지다. 화학의 시……."

"고맙습니다."

"이거."

그녀가 시집을 내밀었다.

"이번에 나온 건데 졸작이야. 그래도 한 권 주고 싶어서."

"그런데?"

강토가 고개를 든다. 한 권이 아니고 두 권이었다. 사인도 들었다.

"윤 화백님도 한 권 드려. 내가 직접 드려야 하는데 시집 좋아할지 어떨지 몰라서……."

"앗, 감사합니다. 저희 할아버지가 좋아하실 거예요."

"읽기나 하시면 좋겠어. 요즘 다들 시를 안 읽어서 말이지."

"저 다른 부탁도 하면 안 될까요?"

"부탁?"

"저기……."

강토가 설명을 시작한다.

"제비꽃을?"

"죄송합니다."

머리부터 숙였다. 올해의 제비꽃을 양보해 달라고 요청한 것이다. 작은 군락이라고 해도 넉넉한 건 아니다. 천연 향은 대개 꽃 100kg에서 10㎖ 정도를 얻는다. 하지만 이 경우에는 약간의 향만 얻어도 되었다. 손 여사의 시그니처에는 용량 제한이 없다. 소량만 만들어도 되는 것이다.

"음……."

방 시인이 생각에 잠긴다. 그녀는 혼자 산다. 꽃과 나무들이 친구다.

하지만.

그녀는 시인이었다. 시로 인간의 마음을 정화하고 정서를 환기시킨다. 궁극의 목표는 역시 인간성의 회복이었으니 한 환자의 염원을 외면하지 않은 것이다.

"좋아. 허락한다."

"정말이죠?"

강토의 긴장이 펑 하고 날아갔다.

"대신 나도 향을 맡을 기회를 줄 것. 내 꽃들이 어떤 향이 되는지 궁금해서 말이야."

"그건 문제없어요. 그럼 저 내일부터 작업 들어갑니다?"

"오케이. 3일이라고 했으니 3일 자유 출입권 수락."

빙고.

방 시인의 허락이 마치 독립선언문처럼 들렸다.

＊   ＊   ＊

집으로 갈 때 전화가 들어왔다.

작은아버지인가 했는데…….

마장동 발골사 권혁재였다.

—여보세요?

굵직한 저음이 흘러나온다.

"네, 저 윤강톤데요?"

—아, 저 기억하세요? 마장동?

"그럼요. 안녕하셨죠?"

—아주 몹시 안녕합니다. 그때 향수 추천해 주신 거 있죠?
초대박이 났거든요.

"여친께서 마음에 들어 했나 봐요."

—맞습니다. 아주 환장을 하더라고요. 잘 때도 뿌리고 잔대
요. 뭐 옛날 유명인 누구도 그랬다나요?

"다행이네요."

—그건 그렇고 어린 송아지 기름 부탁했잖아요?

"앗, 나왔습니까?"

—당장은 아니고 내일 이른 아침에 작업 들어가요. 호텔 오
더인데 아직도 필요한가 해서요.

"필요하죠. 저 그거 평생 필요합니다."

―그럼 제가 잘 모아 놓을게요. 내일 아무 때나 오세요.

"알겠습니다. 감사합니다."

인사를 하고 통화를 끝냈다.

송아지 기름.

소기름보다 백배 낫다. 게다가 내일 잡는다면 신선도도 보장이었다.

유후.

강토가 달아오른다. 방 시인의 제비꽃 허락까지 떨어졌으니 이만하면 최상의 시작이었다.

"윤강토."

혼자 방글거릴 때 작은아버지 목소리가 들렸다. 대문 앞에 그 모습이 보였다.

"어, 작은아버지."

"뭐야? 모처럼 칼퇴하고 달려왔더니 학생이 어딜 그렇게 쏘다니는 거야?"

"쳇, 학생은 비즈니스 없는 줄 알아요?"

"방금 비즈니스라고 했냐?"

"네, 비즈니스."

"하여간 요즘 애들 말빨은……."

"어? 이 푸근한 냄새는 도가니 수육?"

"아버지가 좋아하는 거라 좀 사 왔다. 너도 괜찮지?"

"없어서 못 먹죠."

"들어가자. 수육 냄새 맡는 거 보니 후각은 무사한 거 같고⋯⋯."

작은아버지가 강토 등을 밀었다.

그런데.

"⋯⋯!"

시집을 건네받은 할아버지가 얼음땡이 되었다.

뭐라고 참견하려는 작은아버지의 입을 막았다. 할아버지의 감격을 방해하고 싶지 않았다.

"뭐야? 평생 시집이라면 담쌓고 살던 분이⋯⋯."

"그게 굉장히 특별한 시집이거든요."

"뭐가 그렇게 특별한데?"

"그건 그렇고 작은아버지."

강토가 손윤희 설명에 들어갔다.

"뇌종양인데 뇌종양이 아닌 거 같다고?"

작은아버지가 촉을 세운다.

"네, 병원 암 병동에서 맡은 냄새하고 달랐어요."

"진짜냐?"

"그럼 내가 일없이 거짓말하겠어요?"

"하지만 뇌종양은 폐암하고도 달라서 말이야."

"그러니까 작은아버지가 수고 좀 해 달라는 거잖아요?"

"거의 모든 냄새가 못 견딜 악취다?"

"네, 커피하고 몇몇 가지 외에는 다요. 그래서 일상생활을

하기가 어렵대요. 그래서 후각신경을 절제할 거고요."

"하긴 악취 현상이 뇌종양으로만 오는 건 아니니까."

"다른 예는 뭐가 있나요?"

"여러 가지 많지. 대표적으로는 너처럼 외상이나 뇌전증 같은 거? 아, 간질이라고도 하지."

"간질요? 경련하고 거품 뿜는 거?"

"그런 건 영화에서나 나오는 거고 모든 간질환자가 다 경련에 거품 뿜는 건 아니야. 내가 너 때문에 이것저것 공부 좀 했잖냐."

"그건 인정."

강토가 손을 들어 보였다. 작은아버지의 분투는 눈물겨울 정도였다. 오죽하면 강토가 이제 괜찮다며 그만하라고 했을 정도였다.

"후각하고는 어떻게 연관이 되는 거죠?"

"외상은 두말할 필요 없고, 뇌전증은 신경 반응 때문에 오는 부작용이야."

"신경 반응?"

"우리 신경계는 말이야, 어떤 자극을 받으면 바로 반응한 후에 무뎌지거든. 예를 들면……."

작은아버지가 강토의 살을 비틀었다.

"아야."

"잠깐만… 아픔의 강도가 어때?"

"작은아버지."

"줄어들잖아?"

"……?"

"바로 그거야. 아프다는 자극에 반응했지만 그 통증은 줄어들지?"

"네……."

"만약 그 통증이 줄어들지 않고 계속 이어진다면 어떨까?"

"못 살죠."

"그게 바로 신경계의 역할이다. 아픈 감각을 제거하고 다시 레디 상태로 세팅되지. 하지만 뇌전증의 일부는 거기서 문제가 생겨."

"……?"

"어떤 뇌전증의 증상은 그런 작용이 제대로 작동하지 못하면서 계속 신호를 받는가 하면 마침내는 극도의 흥분에 도달하기도 해. 경련을 하다가 쓰러지는 경우가 그런 거야."

"아."

"후각으로 돌아가면 아마도 후각망울에 이상이 온 걸 거다. 냄새를 맡는다. 보통 사람은 곧 그 향이 약해지는 걸 느끼게 되지. 우리가 재래식 화장실 같은 데 들어가면 그렇잖아? 처음에는 코가 터질 것 같지만 한참 앉아 있으면 견딜 만해지는 것."

"……."

"하지만 후각망울에 문제가 생기면 그게 안 되지. 뇌로 가는 선로와의 케미가 망가지면 계속 냄새를 맡다가 흥분 상태까지 가는 거야. 평범한 냄새가 미친 냄새가 된다고 할까? 악취 말이야."

"그럼 치료는요?"

"상태에 따라 다르긴 하지만 뇌전증이라면 그렇게 어렵진 않아. 항경련제 정도로도 다스릴 수 있거든."

"우와."

"설마 네 여친은 아니지?"

"아, 진짜… 아는 형 이모라니까요."

"언제 한번 모셔 와라. 내가 진료한 후에 필요하면 신경정신과랑 협진 할 테니까."

"약속하신 거예요?"

"대신 너도 나 좀 도와줘야겠어."

"암 환자 찾기요?"

"우리 병원이 세계화에 박차를 가하고 있잖냐? 하지만 아직은 사람들이 개를 이용한 암 조기 진단에 회의적이거든. 그런데 너는 사람이니까 초기 협력을 이끌어 내는 데 큰 도움이 될 거야. 그래야 그 프로젝트가 활성화될 수 있고. 우리 원장님 역점 사업이기도 하거든."

"그럼 작은아버지 승진에도 도움이 되나요?"

"의사가 승진이 중요하냐?"

"중요하죠. 이비인후과는 찬밥이라면서요?"

"찬밥 의사가 있어야 의학이 사는 거야. 다 따뜻한 밥만 먹으면 좋지 않아."

"아직도 그 마인드시네."

"내가 누구 작은아버지인데? 그건 그렇고 이거나 받아라."

작은아버지가 봉투를 내밀었다.

"돈이네요?"

"폐암 조기 발견 된 박광수 회장님 있지? 그분이 주신 거란다. 받아 온 송 과장이 그러는데 생명의 은인이라며 깍듯이 전해 달라고 했다더라."

"요즘 의학 수준에 생명의 은인까지는……."

"요즘 의학이 뭐? 코로나 하나 못 잡아서 인류를 벌벌 떨게 만든 게 의학인데?"

"그건 그렇네요."

"그리고 이건 네 정밀검사 결과지. 다 정상이다. 아니, 정상 이상이지."

"……."

결과지를 받아 든 강토 콧등이 시큰해졌다.

「정상」,「Normal」.

강토 나이대의 젊은이라면 너무나 당연한 결과들이었다. 하지만 강토는 그렇지 못했다. 검사 때마다 매번 떨리는 손으로 결과를 보았다.

이번에는······.

제발······.

셀 수도 없이 묻혀 간 비원과 바람들. 그토록 간절하던 결과들. 이렇게 정식 결과지로 받아 드니 감정이 에는 것만 같았다.

"할아버지께는 미리 보여 드렸다. 너무 좋아하시더라."

작은아버지 목도 살짝 잠겨 버린다. 왜 아닐까? 어쩌면 강토보다 더 가슴 아팠을 사람이 바로 작은아버지였다.

"이제 식사하러 가요."

강토가 분위기를 바꾼다. 자칫하다간 작은아버지랑 같이 울어 버릴 것만 같았다.

그런데······.

식탁의 분위기는 아직도 정리되지 않고 있었다.

할아버지는 여전히 삼매경이다. 기어이 시집에 빠진 것이다.

"쉬잇."

말릴 수도 없으니 꼼짝없이 혼잣말 낭송을 들었다.

보드라운 봄날이 실크빛 햇살을 펼치니

봄꽃들 긴 잠에서 깨어라

복수초의 노란 축복이 화신(花信)의 시작이라

낮은 산록 모서리에서 알싸한 생강꽃이 팝콘이 되니

길마가지꽃이 봄의 전령이 되고,
매화와 산수유가 향의 키를 키운다.
봄은 생명마다 지천이라
보춘화, 개불알꽃, 머위꽃, 현호색, 산자고꽃 피고 지고
산과 들에 노루귀, 얼레지, 바람꽃
한들거리는 아지랑이가 되어 새 봄을 수놓는다.

할아버지가 시인이 된다.
시보다, 봄보다 위대한 게 사랑이다.
우리 할아버지, 아무래도 방 시인에게 제대로 빠진 모양이
었다.
"엇?"
할아버지가 환상에서 깨어났다. 그제야 강토와 작은아버지
의 기척을 알아챈 것이다.
"방해가 되었나요?"
작은아버지가 짐짓 물었다.
"아, 아니다. 밥 먹어야지?"
할아버지가 쑥스러운 듯 일어섰다.
식사 시간의 화제는 당연히 강토의 후각이었다. 먹는 중에
도 테스트가 이어졌다. 겨자 냄새를 확인하고 간장 냄새도 확
인한다.
"강토는 겨자 안 넣지?"

할아버지가 말했다.

"왜요? 저도 넣을 거예요."

강토가 겨자 튜브를 집어 들었다.

"후각이 뚫리니 이제야 맛을 아는구나. 도가니 양념간장에는 겨자가 들어가야 제맛이지."

"저는 싫어요. 도가니는 역시 소금에 찍어야……."

작은아버지는 간장조차 No였다.

탕수육이 부먹이냐, 찍먹이냐?

도가니는 겨자 간장이냐, 맨간장이냐?

초보 과학 학도의 입장에서 본다면 전부 전자가 옳다. 탕수육의 튀김옷은 전분 전용이다. 전분은 밀가루에 포함된 글루텐 단백질처럼 바삭한 식감을 만들 수 없다. 즉, 튀김옷 자체가 소스를 흡수하도록 되어 있다. 찍먹을 의도했다면 전분이 아니라 밀가루옷을 입히는 게 옳았다.

도가니의 겨자 간장도 그렇다. 도가니는 푸근하고 담백한 음식이지만 자칫 느끼할 수 있다. 맨간장보다 겨자를 넣어야 푸근한 맛에 질리지 않는다. 담맵이 완성되는 것이다.

하지만 지금은 뭐가 되었든 상관없었다.

짭쪼름한 간장 향도, 매콤한 겨자 향도 다 용서가 되는 강토였다.

"강토야."

작은아버지가 돌아가자 할아버지가 다가온다.

"다른 말은 없었냐?"

"무슨 말요?"

"방 시인 말이다. 시집 주면서……."

표정도 은근하다. 강토로 치면 용돈 아쉬울 때 잘 보이려는 그런 태도였다.

"궁금하면 직접 물어보세요."

"그러니까 묻고 있는 거 아니냐? 왜 줬는지 알아야 답례라도 하지."

"이웃끼린데 답례는 그냥 하면 안 되나요?"

"짜식이 묻는 말에는 대답 안 하고……."

"저 바쁘니까 나머지는 할아버지가 알아서 하세요. 인사를 하시든 마시든."

할아버지를 벗어나 다락방으로 향했다. 귀찮아서는 아니었다. 나머지는 할아버지의 몫이었고 강토는 바빴다.

연상 노트를 꺼내 오늘 체험한 냄새들에 대해 메모를 했다. 그런 다음 손 여사의 집에서 가져온 리넨을 꺼내 놓았다.

손바닥을 비비며 생각했다.

잘되면 좋겠다.

향수가 손 여사님 마음에 들고, 손 여사님은 후각신경 절제 없이 악취를 고치고, 강토는 부수입으로 장학금도 받고…….

'아차, 장학금?'

작은아버지가 주고 간 봉투를 열었다. 무려 1,000만 원짜리 수표가 나왔다.

액수에 놀랐다. 일단 수표 냄새부터 맡았다. 박광수라는 분, 보통 사람은 아닌 모양이었다.

마음을 다잡고 커피콩 향으로 후각을 씻어 냈다. 이렇게 하면 잡내가 사라지고 후각의 피로도가 풀린다. 장뇌 냄새로 불리는 캠퍼조차도 그렇다. 이론 시간에 배운 팁이었다.

직접 해 보니 팩트였다. 푸근한 도가니와 매콤한 겨자 냄새, 짭쪼름한 간장 냄새에 막걸리 냄새까지 말쑥하게 가셨다.

'아.'

커피콩과 장뇌를 생각하니 담배가 떠올랐다.

후각에는 일반인의 상식과 거꾸로 가는 이론이 있었으니 바로 담배였다.

「흡연을 하면 냄새를 더 잘 맡을 수 있다.」

이 말 같지도 않은 말, 사실일까?

전에는 거짓이었다. 후각을 위해 줄담배를 피워 봤지만 차이가 없었다.

그렇다면 지금은?

호기심이 급발동을 했다.

당장 편의점으로 뛰었다. 할아버지가 담배를 끊었기 때문이었다. 한 갑을 사 들고 담장 아래 섰다. 꽃이나 풀들이 싫어할까 봐 한적한 공간을 고른 것이다.

한 개비를 태운다.

쿨럭.

오랜만에 연기가 들어가니 폐가 아우성을 친다. 눈물까지 찔끔거린다.

참자.

실험을 위한 흡연이니 세 개피를 피웠다.

그런 다음에 장미꽃으로 다가섰다.

흠흠.

후각을 연다.

장미꽃 향이 빨려 들어온다. 다른 잡향들도 동반된다.

한 번 더.

흠흠.

그동안 맡았던 장미 향기들을 소환한다. 대조로 세우고 향분자의 세기를 비교해 본다.

"……!"

강토가 눈을 번쩍 떴다.

그 말은 사실이었다. 향의 지속력이 제법 길어졌다. 지금의 강토에게는 의미 없는 일이지만 사실은 사실이었다.

원인은 일산화탄소 때문이었다. 담배에서 나온 일산화탄소는 코에서 분쇄를 담당하는 효소 시토크롬의 반응을 차단해 버린다. 그렇게 되면 냄새 분자의 분해 속도가 느려진다. 즉 담배를 피우지 않았을 때보다 냄새 분자가 콧속에 더 오래 머무는 것이다.

또 하나의 진리를 체득하는 순간 대가가 따라왔다.

"너, 담배 배웠냐?"

할아버지였다. 거실에서 내다보고 있었던 모양이다. 나머지 잔소리가 또 한 번 작렬한다.

"아름다운 향수 만드는 조향사가 꿉꿉칙칙한 담배가 웬 말이냐. 웬만하면 끊어."

제5장
—
반전의 인턴 선발

흠흠.

이른 아침, 강토의 코는 마장동에서 열일을 속개했다. 새벽
처럼 일어나 권혁재에게 달려온 것이다.

송아지 기름.

구하기 어렵다니 잠이 오지 않았다. 좋은 기름은 좋은 향의
출발이다. 냄새도 궁금했고 빨리 보고도 싶었다.

"어때요?"

발골용 앞치마를 입은 채 권혁재가 물었다. 그때까지도 강
토는 송아지 기름에 코를 박고 있었다. 신선한 송아지 기름을
후각세포 속에 입력하는 중이었다.

"진짜 신선하네요. 탱글탱글하니 고소한 냄새가 나는 것 같아요."

"좋아하니까 기분 좋네요. 사실 그거 챙겨 드리려고 저도 일찍 나왔거든요."

"앗, 죄송합니다. 저 때문에……."

"아닙니다. 덕분에 그거 맡은 선배님에게 필살기도 배웠어요. 제가 아직 그런 거까지 맡을 짬과 스킬이 못 되거든요?"

"네에……."

"그런데 고소한 거라면 두태가 더 좋은데?"

"두태요?"

"요리사들은 수이트라고 하던데 소나 양의 콩팥 주위에 있는 기름 덩어리예요. 이 기름은 다른 기름과 레벨이 달라서 고소하기가 만렙이거든요."

"구경할 수 있나요?"

"지금은 없어요."

"아쉽군요."

"기름이 또 필요하면 연락하세요. 기름이 멋진 향수의 시작이라니 저도 뿌듯하더라고요. 제 여친에게 저도 향수에 일조한다고 자랑도 할 수 있고……."

"일조하는 거 맞아요."

"그거 여기다 담아 가세요."

권혁재가 튼튼한 쇼핑백을 내민다. 혹시라도 불순물이 묻을까 조심조심 기름을 담았다. 권혁재가 웃는다. 발에 차이는 기름 따위를 이렇게 소중하게 다루는 사람은 처음이라고 했다.

'어?'

집으로 돌아오는 길에 강토가 몸을 숨겼다. 방 시인의 집 앞이었다. 할아버지가 있었다. 대문 앞에서 방 시인과 대화를 한다.

그런데.

할아버지 모습이 너무 부자연스러웠다.

—남자란 말이지…….

—여자를 꼬실 때는 말이야…….

—네 할머니도 나한테는…….

할아버지의 전설이 스쳐 간다. 젊을 때는 마치 연애 마스터라도 되었던 듯 큰소리 뻥뻥 치던 할아버지. 그건 아마도 뻥이었던 모양이다. 립스틱 선물도 못 하길래 짐작은 했지만 이건 좀 심했다. 거의 쩔쩔매는 수준이었다.

"할아버지."

마당으로 들어서는 할아버지 앞에 강토가 등장했다.

"깜짝이야."

할아버지가 놀라 주춤거린다.

"왜 그렇게 놀라세요?"

"놀라긴 누가 놀라? 갑자기 튀어나오니까 그렇지."

"이마에 식은땀 좀 봐. 방 시인님에게 혼났어요? 좀 전에 보니까 두 분이 얘기하고 있던데?"

"봤냐?"

"예."

"짜식, 혼나기는… 이 할아비가 누구한테 혼나고 다닐 사람이냐?"

언제 그랬냐는 듯 어깨에 힘을 주는 할아버지.

"……."

"산책하고 오는 길에 방 시인 만났다. 시집 고맙다고 했더니 끔벅 죽더구나. 들어와서 차 한잔하고 가라는 걸 사양하고 왔다. 남자가 그렇게 싸게 굴면 체면 깎이지, 암."

"방 시인님이요?"

"그래."

"알았어요. 저 지금 거기 가야 하는데 확인해 볼게요."

"얀마, 그런 걸 네가 왜 확인해?"

할아버지가 강토를 잡았다.

"뭐 확인하면 안 돼요?"

"안 될 거까지야 없지만 그러면 방 시인에게 실례잖아."

"여사님이랑 저랑 완전 친해요."

"친하다고?"

"네, 그 집 뒷마당의 제비꽃 향기 추출도 허락받았는걸요."

"진짜냐?"

"다녀올게요."

"얌마, 아무튼 차 얘기는 입도 벙긋하지 마."

할아버지의 호통을 뒤로하고 나왔다.

'안녕, 제비꽃들아.'

아침 햇살 머금은 꽃들에게 인사부터 했다. 향은 홍화제비꽃을 택했다. 남산제비꽃은 양이 너무 적은 까닭이었다. 이 향은 은은함 속에서 아련하다. 할아버지가 캔버스로 쓰는 벨벳의 촉감이랄까? 느낌뿐인 파우더리 향은 에센스가 되어야 조금 더 진해질 것 같았다.

제비꽃은 이탈리아 파르마 지역의 것이 유명하다. 프랑스가 가져와 재배를 했다. 과거에는 수도사들이 꽃 하나하나를 정성껏 따서 여왕을 위한 향수로 만들었단다.

최근에는 꽃보다 잎을 쓰는 경우가 늘어났다.

파르마 지역의 제비꽃과 방 시인 마당의 홍화제비꽃.

향이 같을까?

제법 근사치였다.

그러나 엄밀히 말하면 달랐다. 그럼에도 시도하는 건 천연향이기 때문이었다.

사실 세상의 모든 향은 다 다르다. 비슷할 수는 있지만 100% 닮을 수 없는 것이다. 천연향료 냄새는 특히 그랬다. 그 안에는 수백 가지의 크고 작은 냄새 분자들이 어우러져 있다.

단 한 분자의 냄새만 피우는 합성향료와 다른 것이다. 파르마의 제비꽃은 파르마 지역의 냄새가 나고 남산에서 자란 제비꽃에는 남산의 냄새가 난다.

그렇기에 100% 재현은 어려웠다. 기체색층분석기에 넣고 분석하는 논문이 아니라면 그런 건 문제도 되지 않았다. 문제는 향이 주는 이미지이자 분위기의 재현인 것이다.

그렇다고 제비꽃을 싹쓸이하지는 않았다. 그중에서도 향이 강한 것만 골랐다. 그렇지 않은 것은 큰 도움이 되지 않으니 방 시인을 위해 남겨 두었다.

제비꽃은 다락방 커맨드 센터에 준비된 송아지와 돼지기름 콜라보 위에 올려졌다. 꽃송이도 작고 양도 적으니 유리판에 펼치지 않고 비커를 이용했다. 송아지 기름 중에서도 가장 신선하고 고소한 부위로 고르고 또 골랐다.

한 방울만이라도.

강토가 기대하는 에센스의 양이었다.

이창길의 실습시간이 되었다.

「푸제르」.

보드에 적힌 글자가 씩씩해 보인다. 푸제르가 남자 향수의 대명사처럼 쓰여서 그런 걸까?

오늘도 실습실 안의 분위기는 F5가 주도하고 있었다. 남경수와 강은비가 이창길이나 조교의 보조를 자주 하는 까닭이다. 그렇기에 오늘의 실습 내용도 미리 알고 있는 눈치였다.

붙임성 있는 퍼퓸펜타의 리더 김승애가 찰싹 붙어 있다. 정보를 받으려는 것이다.

어쨌든.

오늘 이 방의 관심사는 여름방학 인턴 발표였다. 방학이 코앞으로 다가온 것이다.

"윤강토."

준서는 조금 늦게 들어왔다.

실험 테이블에 앉기도 전에 작은 상자를 꺼내 놓았다. 장미향과 함께 달달한 초콜릿 향이 새어 나왔다.

"벌써?"

강토가 준서를 바라보았다.

"누구 명령인데 널널하게 놀겠냐? 대충 디자인 샘플 좀 잡아 봤다."

그 말을 들으며 뚜껑을 살짝⋯⋯.

"오."

강토가 감탄사부터 토했다.

"대략 합격?"

준서가 촉각을 세운다.

"아니, 불합격."

강토가 뚜껑을 닫았다.

"왜?"

"너무 흉내만 냈잖아? 장미 향까지 들어갔으면 좀 장미다워야지."

"야, 초콜릿이잖아? 초콜릿으로 디자인하는 게 쉬운 줄 알아?"

"내가 파티시에들 작품 찾아봤거든. 죽여주는 거 많더라."

"아, 짜식이 진짜 말을 해도……."

"형도 그렇게 될 거라면서? 나중에 될 거 미리 되면 더 좋지."

"말 되네."

"뭐야? 둘이 무슨 짓을 하고 있는데?"

상미가 이실직고의 눈총을 쏘아 댔다.

그때 이창길이 들어섰다.

"강은비."

다짜고짜 강은비를 호명한다.

"이거 스터디별로 돌리도록."

이창길이 희석된 향료병을 내놓았다. 강은비가 받아 하나씩 배분을 했다.

"무슨 향인지 아는 사람?"

질문과 함께 실습 돌입이다. 지난 결강에 대한 사과나 유감 표명 따위는 일절 없었다.

"쿠마린입니다."

F5가 기선을 잡는다.

"좋아. 오늘 실습할 노트가 푸제르다. 푸제르의 우리말은?"

"고사리입니다."

퍼퓸펜타도 이창길에게 눈도장을 찍는다.

"그럼 푸제르 향은?"

"우디와 발삼 등 여러 향료가 어코드되어 상쾌하면서도 관능적인 남자용 향수를 통칭합니다."

남경수가 다시 주도권을 가져간다.

"아주 좋아. 작년 졸업반 중에는 이 시기까지도 푸제르를 고사리 향 향수라고 대답하는 친구들이 있었지. 그러니 남들 다 취업할 때 아직도 취업 못 해서 비실거리고 있더만."

이창길이 뜨거운 곳을 건드린다. 강토를 비롯해 복수전공 학생들까지도 모두가 졸업반이다. 취업의 '취' 자만 나와도 촉각이 곤두선다. 교수는 조크라지만 적절치 못한 비유가 틀림없었다.

"오늘 실습은 푸제르 노트다. 여기 내가 만든 샘플이 있으니 감상한 후에 똑같이 만들어 볼 것. 가장 낮은 점수를 받은 스터디가 오늘 실험실 정리와 청소를 맡는다."

"……."

"대표, 블로터 나눠 주도록."

"알겠습니다."

발딱 일어선 강은비가 샘플 향수를 받아 들었다.

블로터가 배분된다. 강토도 하나를 받아 들었다.

흠흠.

스터디마다 후각을 동원하느라 난리도 아니다.

이번에도 F5의 진도가 가장 빨랐다. 남경수와 강은비가 의
기투합을 하니 바로 답이 나온 모양이었다.

"라벤더 냄새 나."

상미도 냄새 한 자락을 찾아냈다.

"오."

강토가 응원을 해 준다.

"다른 건 오크?"

판타지에 나오는 그 무지막지한 오크가 아니라 오크모스
다.

"오오."

두 번째도 맞혔다. 하지만 거기까지다. 아무리 킁킁거려도
걸려드는 게 없으니 울상이 된다.

"파출리 넣은 것 같지 않아?"

다인이 향기 분자 하나를 더 잡아낸다.

"윤강토?"

준서도 공감이다. 강토의 확인을 바라는 눈치다.

강토 후각도 블로터에 집중이었다. 하지만 인상이 자꾸 구
겨진다.

라벤더와 파출리에 오크모스와 쿠마린의 결합은 분명했다.
하지만 어코드가 엉망이었다. 오크모스는 너무 많이 들어가

고 쿠마린은 반대였다.

푸제르.

남성 향수의 대표 주자라면 대부분 무겁다. 달콤한 냄새의 뒷받침이 약하면 비호감의 냄새가 될 수 있다. 이 향수는 딱 그 경계에 있었다. 아마도 이 교수가 바빴던 모양이었다.

"교수님."

옆 스터디 '우비강'의 리더 희애가 손을 들고 일어섰다.

"뭔가?"

"꼭 똑같이 만들어야 합니까?"

"왜? 더 잘 만들 자신이라도 있나?"

"……."

"자신 있으면 시도해도 좋아."

이 교수는 무뚝뚝에 거만을 올린 팔짱 모드로 들어갔다.

"참, 겉멋만 들어 가지고……."

남경수의 중얼거림이 이 교수의 마음을 대변한다.

톱노트—라벤더.

하트노트—쿠마린.

베이스노트—파출리, 오크모스.

피라미드 공식은 다인이 잡았다. 파출리는 허브의 일종이다. 잎을 주로 쓴다. 향은 나무나 흙냄새를 풍기는 우디 향이다. 허브지만 묵직한 느낌이 있어 베이스노트로 잘 쓰인다. 푸제르의 뜻이 고사리였으니 고사리가 사는 풍경에 어울리는 향이었다. 오크모스 역시 떡갈나무에 붙어 사는 이끼에서 추출한 향이다.

학교 실습은 대개 교과서적이다. 현대 조향의 방향이 어떻든 기본에 충실한 것이다.

"솔까 향은 별로다. 강토가 만들면 백배 낫겠는데?"

다인이 쫑알거렸다.

"그러게나. 너무나 플랫하잖아?"

준서도 불을 지른다.

"강토야, 교수님께 실력 좀 보여 드려. 그래야 긴장 좀 하시지."

다인은 끝내 인화성 발언까지 토해 냈다.

"그럴까?"

강토가 절반의 동의를 표했다.

"그래. 교수님 허락도 떨어졌잖아?"

다인은 이미 그 길로 간 모양이다. 증빙까지 들이대니 강토도 발동이 걸려 버렸다.

"잠깐만."

앉은 채로 에센스 선반을 바라본다. 옆 스터디가 향료를 고르고 있다. 강토는 후각만으로 에센스와 콘센트레이트를 뒤졌다. 선반의 향료 분자들이 공손하게 줄을 선다.

세이지 향이 들어왔다.

소나무 향도 느껴진다.

앰버와 우디도 손을 흔든다.

'베티베르?'

강토 후각이 한 에센스에서 멈췄다. 전에 없던 향료가 들어
온 것이다. 재빨리 일어나 선반으로 향했다. 실습학 서적을 넘
기던 이 교수 시선이 따라온다. 그렇게 흔쾌한 표정은 아니었
다.

강토가 베티베르를 집어 들었다. 베티베르는 멋진 고정제가
될 수 있다. 용연향처럼, 너무 가벼워 붙잡기 어려운 톱노트부
터 파출리와 오크모스까지 아우를 수 있다. 향의 깊이가 있
으니 푸제르의 주제에서도 아주 벗어나지 않는다.

그리고······.

'타바코?'

담배 향으로 시선이 향했다.

담배 향은 본래 남자의 상징이었다. 하지만 시대가 변했다.
이제는 남녀 구분 없이 피운다. 그렇다면 담배 향은 중성으로
비칠 수도 있었다. 그 말은 곧 개성 만땅의 향이 될 수도 있다
는 얘기였다.

그런데.

쿠마린에도 담배 향은 들어 있다. 그러나 달고 따뜻하고 마
른 풀 냄새도 동반된다. 쿠마린의 담배 향과 타바코 향이 주

는 이미지는 같지 않다. 둘을 매칭하면 더 또렷한 인상을 줄수 있다. 이런 중첩은 블랑쉬도, 현대의 조향에서도 낯선 장르가 아니었다. 그로 인한 잡내 처리는 베티베르에게 맡기면 되었다.

가만히 향의 캔버스를 펼쳐 놓는다. 이 교수가 준비한 향료와 선반에 있는 향료를 물감처럼 풀어 본다. 미리 어코드를 맞춰 보는 것이다.

캔버스에서 향료가 어우러진다.

'더 잘 만들 수 있으면 시도해도 좋아.'

이 교수의 말에 부합한다. 조금은 새로운 해석이지만 재미난 향이 될 것 같았다.

좋아.

결심을 했다.

강토가 베티베르와 타바코 향을 집어 들었다. 세이지와 로즈마리는 덤이었다.

*　　　　*　　　　*

톱노트—세이지, 로즈마리.

하트노트—쿠마린, 베티베르, 타바코.

베이스노트—오크모스, 우디, 앰버.

"라벤더와 파출리 없는 푸제르네?"

다인이 강토를 바라본다.

"로즈마리 향이 상쾌하고 강렬하잖아? 요게 순한 라벤더보다 나을 거 같아. 인상적이라는 거지."

"세이지는?"

"얘는 그림부터 청아한 느낌이야. 특히 땀 냄새를 중화시키거든. 그러니까 남성 향수 주제로 나쁘지 않아. 남자들이 향수 쓰는 게 땀 냄새, 체취 같은 거 가리려는 목적도 있으니까."

"파출리는 넣는 게 좋지 않을까?"

"파출리는 나무 냄새, 흙냄새가 어우러진 우디 향이야. 오크모스와 우디로 커버할 수 있어. 앰버는 넣어야 해. 관능이 상징하는 남녀의 이끌림? 앰버 하면 연인들의 사랑과 매칭시키기도 하니까."

강토의 설명은 거침이 없었다.

"강렬 상큼한 첫인상에 묵직하고 달달한 하트와 베이스노트… 이건 완전 독특해서 대박 같아."

상미가 주먹을 불끈 쥔다.

"일단 기대기대."

다인의 표정도 나쁘지 않았다.

"그럼 도전?"

강토가 바라보자 멤버들이 주먹을 내밀었다. 가볍게 마주쳐 주고 블렌딩에 돌입했다.

이제 실습실에서의 루틴도 변했다. 상미가 돕고 강토가 진행한다. 다인과 준서는 향료 조달과 기록을 맡았다.

"출발."

비커를 올린 상미가 전자저울의 영점을 잡는다.

깍지 낀 두 팔을 쭉 내밀어 긴장을 풀어 낸 강토가 블렌딩을 시작했다.

오크모스와 우디, 앰버가 적하된다. 준서의 눈이 희번덕거린다. 매번 투하량과 순서를 기록하는 것이다. 이어 쿠마린이 들어갔다.

쿠마린은 합성향료에 있어 빼놓을 수 없는 존재다.

그럼에도 불구하고 굉장히 간단하게 만들 수 있다.

살리실알데히드에 트리에틸아민, 무수아세트산과 탄산나트륨 정도면 끝이다. 준비물도 플라스크와 리트머스 정도면 된다. 이 과정은 '퍼킨반응'이라 불리며 강토도 두 번이나 경험한 바 있었다.

단점도 있다.

어쨌든 알레르기 주의 성분 리스트에 선발되었다는 것.

향은 풀을 벨 때 나는 상큼풋풋한 자연 친화형이다. 쿠마린을 빼고는 푸제르 노트를 생각하기 어렵다. 이 교수는 보수적에 권위적이니 이걸 빼고 만든 푸제르라면 거품 물고 쓰러질지도 몰랐다.

그러나 푸제르는 다른 방식으로도 만들 수 있었다. 미모사도 그중 하나다. 대뇌 속 향 분자 자산이 **빵빵**하면 대안이 늘어나는 것. 그게 바로 블랑쉬가 준 경험치의 위엄이었다.

다음으로 타바코가 들어간다. 푸제르에 타바코는 너무 직설적이다. 그럼에도 믿는 구석이 있었다. 바로 쿠마린이시다. 코를 자극할 정도로 달달하고 독특한 향에 마른 풀잎 냄새가 타바코에게 다른 이미지를 입히는 것이다.

좋았어.

어코드는 문제가 없었다. 향을 감지하면 순식간에 결정되는 향료의 비율. 그건 마치 할아버지가 캔버스에 찍어 바르는 물감과도 같았다.

능숙한 화가는 물감을 g으로 재서 그리지 않는다. 설령 작은 실수가 나와도 다음 터치에서 고쳐 놓는다.

조향사 역시 마찬가지였다.

이제 베티베르가 투하된다. 진저 향이 코끝으로 날아온다. 이 향은 여자에게도 좋았다. 우울증이나 생리전증후군에 쓰인다. 향이 깊고 신비로운 느낌까지 있으니 그 신성 속에는 금욕적인 분위기도 살고 있었다.

무엇보다 듬직한 건 향 원료를 아우르는 포용력이다. 강토는 이걸 또 하나의 용연향이라고 생각했다.

아주 좋았어.

이제 톱노트의 향료만 남았다.

세이지 적하.

마지막으로 강렬하고 신선한 로즈마리 적하.

그것으로 블렌딩을 끝내는 강토였다.

이번에도.

단 한 방울의 원료조차 비커의 입구에 묻히거나 중간에 떨어뜨리지 않았다.

정제수로 남은 용량을 채운 강토가 피펫을 내려놓았다.

"끝난 거야?"

상미가 물었다.

"응."

강토 표정이 밝았다.

두근.

상미의 심장 뛰는 소리가 들렸다. 기대감이다. 이제 시향을 앞둔 시간이었다.

언제나 불안했던 실습시간들. 다른 스터디를 기웃거리며 눈치나 보던 들러리 신세에 익숙했던 표정들은 간 곳이 없었다.

사핫.

블로터를 적신 강토가 친절하게도 코앞에다 흔들어 주는 서비스 신공까지 펼친다.

"아하."

다인의 상체가 휘청 흔들린다.

"죽인다."

준서도 향의 매력에 빠져든다.

"흠흠."

상미도 열심이다. 언제나처럼 코를 박고 필사적으로 애쓰고 있었다.

"달콤하고 부드러운 융단을 입은 우아한 담배 향이야."

다인의 평이 나왔다.

"로즈마리의 강한 인상에 세이지와 쿠마린의 어코드도 기막혀. 강하면서도 달달하고 잡티가 없는 느낌이랄까?"

준서도 만족스러워한다.

"히잉… 기분 좋은 담배 냄새가 조금 느껴지긴 하는데……."

상미는 아직도 고전 중이다.

"이것 봐."

다인이 다른 스터디의 블로터를 가져왔다. 두 향을 함께 맡으니 확실하게 대조가 되었다.

촉촉하고 상큼한 숲에서 나오는 달착지근 부드러운 담배 연기.

상미가 정리한 향수 묘사였다.

"푸제르에 빠진 타바코."

뛰어난 언어 감각의 능력자답게 바로 제목까지 뽑았다.

"제목 좋고."

준서는 대만족이었다.

이제 세 멤버가 각자의 블렌딩에 들어간다. 준서가 적은 강토의 포뮬러, 즉 조향 공식을 재현하는 것이다. 강토처럼 능숙하지는 않다. 다인은 피펫 팁 끝이 비커 가장자리에 닿아 미량을 손실했고 상미는 테이블에 일부를 흘렸다. 준서 역시 피펫팅이 정확하지 않다. 마이크로 피펫이 정밀하다지만 엄지손가락의 강약 조절에 따라 가감이 생기는 까닭이었다.

에센스는 고도의 농축 향료. 초미량으로도 조향에 영향을 미친다. 일례로 퍼티드세리 같은 네임드 향수가 그렇다. 어코드 구성에 복숭아 추출 분자 하나가 들어갔다.

단 하나.

그게 미묘한 매력의 한 수가 될 줄 누가 알았을까?

그러나 아직 학생들이다. 실수하며 배우는 것이니 문제 될 것 없었다.

"내 작품 어때?"

블렌딩을 끝낸 다인이 블로터를 내민다. 강토가 1차 심사를 맡는다.

"누가 잘했어?"

상미도 묻는다. 옴니스 안에서의 강토 위상은 이렇게 변해 있었다.

"상미 게 제일 나은데?"

강토가 상미 손을 들었다. 테이블에 흘린 건 좋지 않지만 다시 시도했다. 덕분에 다인이나 준서의 실수처럼 블렌딩에 영향을 미치지는 않았다.

"진짜?"

상미가 고무된다.

"다 됐나?"

이 교수의 무뚝뚝한 목소리가 주의를 환기시켰다.

"네."

"그럼 앞으로 가지고 나와서 함께 시향 해 보도록."

교수 말이 떨어지자 각 스터디의 리더들이 비커를 들었다. 다인은 특별히 뿌듯하다. 오늘 만든 향수가 자랑스러운 것이다.

이제 모두의 후각이 출동할 시간이었다.

큼큼.

흐음.

흡흡.

냄새 맡는 소리도 다 다르다. 표정도 그렇다. 누구는 눈을 감고 누구는 엄숙하고 또 누구는 숨이 넘어간다. 인간의 개성과 상관없이 냄새는 솔직하다. 전에도 말했지만 향은 객관적이다. 향수 전문가들도 그렇게 말한다. 만약 냄새가 주관적이라면 향수 산업은 존재할 수 없을 거라고.

이 실습도 평가는 투표로 마무리된다.

마음에 드는 향에 블로터 투표.

대다수의 블로터는…….

F5의 비커 앞에 쌓였다.

옴니스의 비커에 투표한 건 우비강 스터디뿐이었다.

"헐."

다인이 탄식을 토한다.

"뭐가 헐이야? F5 향이 샘플에 가장 가깝잖아?"

엔젤로즈의 리더가 중얼거린다.

강토가 다인의 옆구리를 건드리며 웃었다. 만드는 동안 즐
겼다. 그거면 되었다는 뜻이었다.

이제 이창길의 차례였다.

F5부터 시작이다. 블로터를 흔들더니 빙그레 웃는다. 자신
의 향을 닮으려는 애제자들의 투혼(?)이 갸륵한 모양이었다.
그 뒤로 갈수록 인상이 구겨진다. 퍼퓸펜타가 그렇고 엔젤로
즈가 그랬다. 그 절정은 우비강이었다.

이 교수가 우비강의 희애와 유하 등을 바라보았다. 모두가
눈빛을 피한다. 그들이 만든 향은 어코드가 엉망이었다. 베이
스노트의 비중이 높다 보니 악취 비슷한 향이 되어 버린 것
이다. 푸제르가 남성 향수라는 주제에 너무 함몰된 까닭이었
다.

풋.

이 교수가 썩소를 삼킨다.

오늘도 라스트는 강토네가 장식하게 되었다. 이 교수의 블
로터가 향수 속으로 들어간다. 에탄올이 시원하게 묻어 나

왔다.

흐음.

이 교수의 코를 따라 멤버들의 시선이 움직인다.

하지만.

오늘도 이 교수의 선택은 F5였다. 여섯 스터디를 시향 한 여섯 블로터는 몽땅 F5의 비커 앞으로 향했다.

"아자."

남경수가 쾌재를 부른다. 유쾌하 특강 시간에 당했던 걸 만회했다는 표정이었다.

"교수님……."

다인의 미련이 이창길 교수를 바라본다.

"할 말 있어?"

"저희 향… 시도는 나쁘지 않다고 생각하는데요?"

"우비강."

이 교수의 시선은 엉뚱한 옆 스터디에게 건너갔다.

"네?"

리더 희애의 풀이 한 번 더 죽는다.

"전에 한번 돌발 아이디어로 재미 본 걸 못 잊는 모양인데 향수는 장난이 아니야. 창작이 그렇게 쉬우면 누군들 명작을 못 만들겠나?"

"……."

"그건 그렇고……."

이 교수의 마무리는 그렇게 끝났다. 보드 앞으로 걸어간 이 교수가 종이 한 장을 꺼내 들었다.

"이번 여름방학 인턴에 선발된 사람들 명단이다."

"와아."

실습실 분위기가 단숨에 바뀌어 버린다.

"명단에 든 사람들은 첫날에는 반드시 정장을 입고 가도록. 너희들이 잘해야 내년 후배들도 인턴에 나갈 수 있을 테니까."

보수 꼰대의 결정판 아니랄까 봐 드레스 코드까지 제시한다.

"네에."

"그리고 이번 인턴 기간 동안 성적이 좋은 학생들은 '트레이니'의 기회를 얻을 수도 있을 것 같으니까 과 명예를 걸고 열심히 하도록."

"우왓, 트레이니."

여기저기서 하이 파이브 소리가 터진다.

트레이니는 견습생이다.

트레이니〈주니어 퍼퓨머〈퍼퓨머〈시니어 퍼퓨머〈이그제큐티브 퍼퓨머

이렇게 이어지는 조향사 사다리의 출발점인 것이다.

그깟 견습생, 할지 모르지만 조향에서는 이런 자리조차 얻기가 쉽지 않다. 국내에서나 해외에서나 공통이었다.

"감사합니다."

F5의 답례가 나온다. 이 교수는 목에 힘을 준 채 퇴장을 했다.

학생들이 보드로 몰려 나갔다.

"당첨."

"앗싸."

"내 이름도 있어."

F5 멤버들과 퍼퓸펜타 멤버들이 흥분의 도가니에 싸인다.

"쫌……."

준서가 그들을 파고들었다.

인턴은 모두 열 명이었다. 2인 1조로 다섯 향료 회사나 네임드 코스메틱 조향실로 가는 것이다. 작년까지는 없던 제도. 그렇기에 모두가 희망하던 일이었다.

"……?"

명단을 훑어 내리던 준서 시선이 굳어 버렸다. 남경수와 강은비는 아네모네행이다. 하지만 우비강과 강토네 옴니스 멤버는 찾을 수가 없었다.

"뭐야? 우린 꽝이네?"

준서 옆으로 다가온 다인이 울상이 되었다.

"강토 이름도 없어?"

상미도 다인 옆에 섰다.

"뭐래? 지난번 실습 성적순이라더니……."

"이거 뭐가 잘못된 거 아니야? 아니면 교수님이 잠깐 기억상

실증에 걸렸든지."

준서가 강토를 바라본다. 다른 사람은 몰라도 강토는 포함 될 것으로 믿은 까닭이었다.

"히잉."

상미 눈이 젖는다. 내심 기대를 한 모양이었다. 지난 시간, 어쨌든 강토와 짝을 이루었던 상미였었다.

"잠깐만."

강토가 복도로 걸었다.

"어디 가는데?"

"잠깐만 기다려."

강토는 뒤도 돌아보지 않았다.

＊　　　　　　＊　　　　　　＊

"뭔가?"

발송된 팩스를 확인하던 이 교수가 강토를 돌아보았다.

"드릴 말씀이 있습니다."

"말해 보게."

"여름방학 인턴 말입니다."

"그게 뭐?"

"지난번 실습 점수로 결정하신다고 하지 않았습니까?"

"그래서?"

"그렇다면 배상미와 제 조가 탈락될 이유가 없지 않습니까?"

"자네가 채점자인가?"

"예?"

"채점자는 나야."

이 교수가 쐐기를 박는다.

"자네는 자네 조가 1등을 했다고 생각하나?"

"등수는 모르겠지만 떨어질 정도는 아니었다고 봅니다."

"몇 가지는 그랬겠지. 하지만 평가라는 건 한 가지만 보고 하는 게 아니지 않나?"

"교수님."

"나가 보게. 내가 지금 좀 바쁘거든."

"저는 괜찮습니다. 하지만 배상미라도 구제해 주시기 바랍니다."

"보면 모르겠나? 이미 해당 기업에 통보를 했어."

이 교수가 팩스 원본을 들어 보였다. 인턴 명단을 보낸 모양이었다.

"실망입니다. 교수님 약속을 믿었는데……."

"실망?"

"예."

"4년 동안 애쓴 애들하고 단 한 번 뛴 사람하고… 야구로 치면 이렇겠군. 4년간 평균 타율 3할 이상 타자와 단 한 게임에서 활약한 타자… 자네라면 누굴 뽑겠나?"

"비유가 맞지 않습니다. 그렇다면 애당초 그런 약속을 하지 마셨어야죠."

"자넨 나한테 고마워해야 하는 거 아닌가?"

"네?"

"내 자극 때문에 분발한 거 아닌가? 오늘 보니 자네 주장대로 이제 후각은 문제가 없는 것 같더군. 그동안 그렇게만 해 왔다면 나도 고민 없이 자네를 뽑았을 걸세."

"알겠습니다."

강토가 돌아섰다. 화가 나지만 팩트는 팩트였다. 이렇게 나오면 할 말이 없었다. 칼자루를 쥔 건 이창길 교수인 것이다.

문의 손잡이를 잡을 때 이 교수 핸드폰이 울렸다.

"어? 유쾌하 실장님?"

이 교수가 반색을 한다.

"유 실장님이 웬일이십니까? 예? 방금 보낸 인턴 명단요?"

통화가 이어진다.

탁.

문은 강토가 닫아 주었다.

"강토야……."

상미가 복도에 와 있었다.

"미안해."

강토가 고개를 숙였다.

"괜찮아. 그냥 너 걱정되어서 왔어."

"가자. 내가 커피 쏠게."

"아니, 내가 쏴. 오늘 내가 만든 향 있잖아? 다른 과 친구들에게 시향시켜 줬더니 뻑 가는 거 있지. 이렇게 환상적인 담배 향은 처음이라는 거야."

상미 기분이 풀린다. 기대는 했지만 확신은 없던 까닭이었다. 그동안 이 교수의 평가가 그랬다는 것. 상미가 모를 리 없었다.

그때 이 교수가 문을 열고 나왔다.

"윤강토."

강토와 상미가 동시에 돌아보았다.

"너희 조 인턴 선발 건 말이야……."

*   *   *

"내가 아네모네 측에 특별히 부탁해 양해를 구했다."

"네?"

대반전이 나왔다.

상미가 먼저 반응을 했다.

"내가 아네모네에 부탁해서 추가 인턴 허락을 받았다고."

"강토야."

상미 얼굴에 연꽃이 확 피어올랐다.

"곤란하다는 걸 겨우 부탁한 일이니까 준비 제대로 하도록."

이 교수의 목소리에는 과시와 생색이 넘치고 있었다.

"강토야……"

상미는 좋아 어쩔 줄을 모른다. 이유야 어쨌든 언감생심이던 인턴 선발의 소원을 이룬 것이다.

하지만.

강토 반응은 완전히 달랐다.

"아닙니다. 교수님 말대로 저는 자격 미달이니 상미만 보내주시기 바랍니다."

꾸벅.

정중하게.

어느 때보다 정중하게 사양을 표하고 돌아섰다.

"윤강토."

"……"

이창길 교수 목소리가 천둥을 치지만 강토는 그대로 복도 모퉁이를 돌았다.

"이봐, 윤강토."

"강토야……"

"뭐 해? 가서 데려오지 않고?"

이 교수가 괜한 상미를 다그쳤다.

"강토야."

상미가 달려와 강토를 잡았다.

"쉬잇."

강토가 눈치를 주었다.

"응?"

"가서 커피나 마시자."

"강토야."

"내 말대로 해."

"하지만……."

"인턴?"

"……."

"걱정 마. 넌 인턴 가게 될 테니까."

"너는?"

"나도 가야지. 우린 그날 팀이었잖아?"

"그런데 왜?"

"이 교수님 말이지?"

"응."

"똥줄 좀 타게 내버려 둬."

"나 모르는 뭐가 있어? 이해가 안 돼서……."

"원래는 우리 잘랐잖아? 팩스도 그렇게 보낸 것 같거든. 그
런데 갑자기 마음이 변했어."

"그래서?"

"왜 그럴까?"

"그걸 내가 어떻게 알아?"

"자기가 잘랐는데 왜 번복을 하겠어? 내가 나올 때 유쾌하 실장님에게서 전화가 오는 것 같았거든."

"저번 교수님?"

"그러고는 바로 따라 나와서 번복을 했어. 이제 좀 감이 와?"

"아, 그러니까 이 교수님은 우리 안 보낼 생각이었는데 팩스를 받은 유쾌하 실장님이 전화를 해서?"

"그것밖에는 없잖아?"

"……?"

"그러니까 똥줄 좀 타게 하자는 거야. 내 말대로 그분 요청이 온 거라면 이 교수님도 어쩔 수 없을걸? 교수님 말대로 앞으로의 관계도 있고……."

강토는 핸드폰 전원을 OFF로 바꿔 놓았다.

"만약 아니면?"

"아니라면 교수님 마음속에 천사가 들어왔다는 건데 그게 가능하냐?"

"불가능하지."

"그렇지?"

"알았어. 네 말 믿을게."

"그럼 커피 쏘는 거다?"

"응."

상미 얼굴이 펴졌다. 상미 역시 핸드폰을 꺼 버렸다. 왜냐고? 그날의 팀이니까.

"준서 형, 다인아, 상미가 커피 쏜단다."

실습실로 가서 남은 멤버들을 불러 모았다.

* * *

"진짜?"

교내 커피점 테이블에서 다인이 전격 반응을 했다.

"응."

상미가 답했다.

"우와, 그러다 아니면?"

"내가 조수로 쓰지 뭐."

강토가 익살을 떤다.

"야아⋯⋯."

"권다인, 이제 내 후각 믿지?"

"그거야 당연하지."

"그럼 이 말도 믿어 봐. 내가 감이 팍 왔거든. 상미 생각하면 당장 고맙습니다 인사하고 싶었지만 열받잖아? 자기가 약속해 놓고 뒤집어 버리다니."

"우와, 윤강토 무섭당."

"쫄았냐?"

"쫌… 그런데 이러다 이 교수님이 열받아서 없었던 일로 해 버리면……."

"내기할까?"

"뭘?"

"커피 다 마시는 동안 교수님에게 전화가 오면 네가 돈 내고 아니면 내가 계산."

"야, 내가 쏘는 건데 왜 니들끼리 작당을 해?"

상미가 끼어들었다.

"콜?"

강토가 다인을 바라본다.

"좋아, 콜."

다인이 딜을 받았다. 강토가 핸드폰 전원을 켰다. 테이블 가운데 두고 커피를 마신다. 이창길 교수로부터 전화를 받은 적은 없다. 그러나 그는 학생들 번호를 다 가지고 있었다.

만약 강토 생각이 틀렸다면?

푸훗.

그런 생각은 들지 않았다. 강토가 아는 이 교수는 그런 사람이었다. 뚝심이나 신뢰보다 수완과 편애에 능한 사람.

준서와 다인, 상미의 시선이 강토 핸드폰에 몰렸다.

"아, 진짜… 내 폰 액정 뚫어지겠네."

강토가 투덜거릴 때 진동이 들어왔다.

"받아 봐."

다인이 재촉한다. 발신자가 등록되지 않은 번호였다.

하지만.

강토는 그 전화를 씹어 버렸다. 통화 거절을 눌러 버린 것이다.

"윤강토."

다인이 울상을 지을 때 다시 진동이 왔다. 그제야 강토가 통화 버튼을 눌렀다.

"여보세요?"

—여보세요? 윤강토?

"누구시죠?"

—나 이창길이야.

이 교수의 목소리는 아까보다도 더 불친절했다.

"네? 교수님?"

—어디야? 전화기는 왜 꺼져 있어?

"아, 예… 아까 실습시간에 꺼 놓은 걸 깜박 잊었습니다. 그런데 왜요?"

—배상미도 그랬나?

"교수님이 강조한 일 아닙니까? 조향실에서는 핸드폰도 위험할 수 있다고."

—나참… 됐고, 배상미가 너 찾아다니고 있을 테니까 찾아

보고. 인턴은 그런 줄 알고 준비해. 어렵게 부탁한 거라는 것
만 알아 두고.

"……."

─알았나?

"그러죠."

딸깍.

통화가 끝났다.

"인증 완료?"

강토가 멤버들을 돌아보며 미소를 머금는다.

"와아아."

다인이 상미와 과격한 하이 파이브를 나눈다. 준서 역시 강
토를 향해 엄지척을 세웠다. 허위와 가식, 헛된 권위 의식으로
가득 찬 이창길 교수에게 한 방 제대로 먹인 것이다.

*   *   *

이틀 후, 준서의 두 번째 초콜릿이 나왔다.

"우와, 이거 웬 파티시에님 작품?"

다인의 입이 벌어졌다. 상자 속에 다소곳한 삼색 초콜릿의
위엄이 펼쳐졌다. 세 줄로 30여 개다. 진짜 프랑스 국기 기분
이 났다.

"오빠."

상미도 놀란다.

"괜찮냐? 어제 밤새웠다."

준서가 얼굴을 붉혔다.

"장족의 발전이야. 엊그제 것에 비하면 아마추어하고 프로
페셔널의 차이 같은데?"

"강토는?"

준서 시선이 강토에게 건너갔다.

"다시."

강토는 냉정하게 고개를 저었다.

"왜? 이 정도면 대박인데?"

다인이 변호에 나선다.

"디자인은 좋아졌는데 장미 향을 못 살렸어."

"야, 냄새나."

준서가 확인에 들어간다.

"초콜릿 향하고 언밸런스. 어코드가 안 맞는다고."

"네가 두어 방울 넣으라며?"

"반죽 양에 따라 가감해야지. 게다가 이건 다른 레몬 향이
너무 강하잖아?"

"아, 진짜……."

"아몬드 향 초콜릿으로 써 봐. 지지난번에 가져온 거 있지?
그게 좋을 거 같아. 디자인도 더 다듬고."

"아예 네가 만들어라, 네가."

준서가 볼멘소리를 냈다.

"그래. 오빠, 강토 말이 맞아. 자꾸 만들어. 그래야 우리 입이 호강 좀 하지."

초콜릿들이 다인의 입으로 들어간다. 언제 들어왔는지 다른 학생들 손도 가세한다. 준서의 초콜릿은 눈 깜짝할 사이에 동이 나고 말았다.

"초콜릿?"

그사이에 들어온 남경수가 썰렁포로 반응했다.

"준서 오빠가 만들었는데 기가 막혀. 완전 특급 호텔 셰프급이라니까."

같은 스터디의 차주희가 엄지척을 세웠다.

"뭐야? 이제 보니 뇌물로 인턴 딴 거야?"

남경수가 중얼거렸다. 그 소리가 상미 귀에 들어왔다.

"야, 너 뭐라 그랬어?"

상미 성격에 그냥 넘어갈 리 없다. 그렇잖아도 '난 척' 좀 하는 남경수에 대해 곱게 생각하지 않던 상미였다.

"혼잣말이거든."

"방금 인턴 어쩌고 했잖아?"

"왜? 찔리는 거라도 있어?"

"절대 없지."

"그럼 됐네."

"이게 진짜."

"잘하면 치겠다?"

"너야말로 너무 깝치지 마. 조향학과 에이스랍시고 목에 힘 잔뜩 들어가는데 네 실력 정도는 강토에 비하면 껌이거든."

"냄새도 잘 못 맡는 네가 그걸 어떻게 판단하는데?"

"후각은 약해도 보는 눈은 있으니까."

"그만해."

준서가 상미를 말렸다. 마침 교수가 들어오면서 실랑이가 끝났다.

"어우, 재수 없어."

상미는 분이 풀리지 않는다. 강토가 그 손에 파란색 장미 초콜릿을 쥐여 주었다. 준서에게 받았던 걸 내준 것이다.

─먹고 스트레스 풀어.

강토가 속삭였다.

─말을 재수 없게 하잖아? 뇌물이라니?

─같은 아네모네로 가게 되니까 질투하나 보지.

─아우, 내가 후각만 좋으면 저것들 그냥…….

초콜릿을 삼킨 상미 숨소리가 낮아진다.

─후각 좋아지는 향수 같은 건 왜 없는 거야?

─…….

─나쁜 놈.

─경수?

─너.

—……?

—저만 후각 좋아지고……

—…….

—강토야.

—왜?

—홍어 말이야, 그거 먹으면 코가 뻥 뚫리는 것 같다던데 한번 먹어 볼까? 중국 다녀온 사람들은 취두부 얘기도 하던데……

—그러다 남은 후각까지 다 나간다.

—그럼 어쩌라고. 나 어제 한잠도 못 잤어.

—왜?

—인턴 말이야. 막상 가게 된다고 하니까 후각이 걱정되잖아. 어제도 이비인후과 다녀왔는데 방법이 없다고만 하고……

—…….

—마음 같아서는 너처럼 후각 천재로 두둥 변신해서 저 두 왕재수들 확 눌러 버리고 싶은데……

—…….

—진짜 방법 없어? 조금이라도 나아지는 거?

—글쎄, 이론상으로는 담배를 피우면 냄새를 잘 맡을 수 있다고는 하던데… 담배 연기에서 나온 일산화탄소가 코에서 분쇄 작용을 맡은 효소를 차단한다나? 덕분에 냄새 분자를

바로 분쇄하지 못해서 코에 더 오래 머물게 되니까… 내가 해
보니 조금은 나은 것도 같고…….

—담배?

상미 귀가 솔깃해진다.

다락방의 강토는 비커 속의 제비꽃을 건져 냈다. 제비꽃은
장미보다 빨리 시들었다. 그만큼 꽃의 교체도 빨라졌다. 아쉬
운 건 제비꽃이 넉넉하지 않다는 사실이었다.

그 가려운 곳을 방 시인이 해결해 주었다. 지인을 소개한
것이다.

지인의 집은 한남동이었다. 그 역시 남산 자락이다. 그녀는
동시를 쓰는데 몇 해 전부터 방 시인과 교류하면서 집에 들렀
다가 제비꽃들을 분양해 갔었다. 덕분에 그 집 뜨락에도 제비
꽃이 가득하다는 정보가 왔다. 강토에게 허용한다는 허락도
떨어졌다. 옵션은 방 시인처럼 완성된 향수를 선보여 주는 것
뿐이었다.

한달음에 달려가 제비꽃을 따 왔다. 많은 양은 아니었지만
정말 요긴하게 쓰였다.

유지 위에 작은 꽃을 뿌리며 행복했다. 많은 사람들은 꽃을
보기 위해 씨를 뿌린다. 그러나 강토는 향수를 보기 위해 꽃
을 뿌린다. 다를 것 하나 없는 일이었다.

그렇게 다섯 번 정도를 교체하자 제비꽃 향이 풍기기 시작

했다. 그날, 준서의 초콜릿이 제대로 나왔다.

"짜잔."

준서가 상자 뚜껑을 열었다.

"……!"

"……?"

다인과 상미의 시선이 굳어 버렸다. 블루—화이트—레드. 세 줄씩 다섯 개. 넓이의 비율도 딱 국기와 같았다. 더 기막힌 건 배경으로 깔아 놓은 국기였다. 플랫하게 한 판을 깔고 그 위에 같은 빛깔의 장미 초콜릿을 올렸다. 그냥 바닥에 담았을 때보다 훨씬 보기가 좋았다.

"오빠, 대박이다."

다인이 몸서리를 친다.

"너희는 됐고, 윤강토. 또 뺀찌냐? 나 이 이상은 못 한다."

준서가 강토를 바라보았다.

"합격."

강토 대답은 쿨했다.

"진짜?"

"응?"

"장미 향은? 맡아 보지도 않고?"

"이미 다 체크했음."

"아오, 다행이다. 이건 무슨 강토 심사를 받는 게 세계 대회 나가는 거보다 더 조마조마하네."

준서가 안도의 숨을 쉬었다.

"당연하지. 사람을 살리는 일인데."

강토가 상자를 챙겼다.

"에? 우리 시식하는 거 아니고?"

다인이 울상이 된다.

"준서 형 이모님을 위해서 양보해."

"지금 가려고?"

"미룰 거 없잖아? 초콜릿도 좋고……."

"교수님이 싫은 기색 내시면 너무 무리는 하지 마라."

"그렇게 말하지 말고 이렇게 말해 줘."

"어떻게?"

"너만 믿는다."

"윤강토."

"형 마음도 그럴 거 아냐? 내가 이모 시그니처도 만들고 그이모 뇌종양도 아니고……."

"그럼 대박이지."

"한번 믿어 봐."

"그래. 잘해라."

준서가 손을 내밀었다. 강토가 그 손을 허공에서 잡았다. 두 손에 힘이 들어간다. 다인과 상미도 지지를 보태 준다. 그녀들도 이제 초콜릿의 사연을 알고 있었다.

"윤강토, 파이팅."

다인과 상미가 강토 뒤통수에 대고 소리쳤다. 강토는 돌아보지 않은 채 손만 들어 주었다.

그런 강토를 보며 준서가 중얼거렸다.

"아, 짜식, 어째 점점 멋있어지는 거 같지 않냐?"

제6장

—

거침없는 도전

탁.

강토가 들어서자 연구소 문이 닫혔다.

강토도 돌아보지 않았다.

인생 역전.

그런 말들을 한다.

돌아보면 강토야말로 인생 역전이었다. 거의 후맹에서 SSS급 후각으로의 변신. 모두가 꿈꾸던 그날이 찾아온 것이다.

그럼에도 강토는 결코 우쭐하지 않았다.

블랑쉬.

그의 능력은 결코 우쭐 따위로 설명될 것이 아니었다. 그런

행위로 치부하기엔 너무나 고결한 능력에 속했다. 게다가 그의 소망까지 이식한 강토였다. 경거망동 따위, 강토 곁에 범접도 하지 못하고 있었다.

"윤강토."

향료를 분석하던 라파엘이 반색을 했다. 대반전은 여전히 유효했다. 라파엘의 깍듯한 대우가 그걸 입증하고 있었다.

"어쩐 일인가?"

"언제든 오라는 말씀, 아직 유효한가 해서요."

"당연하지. 앉게."

라파엘이 소파를 권했다.

"어떤 용무인지 궁금하군. 새로운 향수라도 만들었나?"

"만들까 싶어서 미리 들렀습니다."

"그래?"

"이거……."

강토가 밀폐된 유리병을 열었다. 안에서 나온 건 준서 이모 집에서 가져온 리넨이었다.

"오래전에 다 쓴 향수병에 넣었던 거라 향이 희미합니다."

리넨을 라파엘에게 건넸다. 라파엘이 신중하게 시향을 한다.

"응?"

그가 흠칫 놀란다. 강토는 뭐라 대꾸하지 않고 기다렸다.

"이거……."

다시 한번 시향에 돌입하는 라파엘.

"설마 농부르 띠미드?"

라파엘의 입에서 한 단어가 나왔다.

"농부르 띠미드요?"

강토가 전격 반응을 했다. 다른 사람도 아니고 라파엘의 말이다. 참고가 될 일이기 때문이었다.

"농부르 띠미드. 1966년산 향수. 장미와 제비꽃의 절묘한 매칭, 아닌가?"

"죄송합니다. 소분된 병이라 아무 사인도 없었습니다. 그런데 농부르 띠미드라고요?"

"하긴 아닐 수도 있지."

"……."

"그런데 왜 나에게? 설마 나를 테스트하는 건 아니겠지?"

라파엘이 웃었다.

"아닙니다. 이 향을 다시 한번 맡기를 원하는 분이 계신데 캐고스미아에 걸렸습니다. 게다가 후각신경 제거 수술을 앞두고 있어 도움이 필요해서……."

"캐고스미아?"

"예."

"저런, 그건 거의 불치병인데?"

"그런 것 같았습니다."

"소분된 병이라… 자네는 뭘 느꼈나?"

"교수님과 비슷합니다. 향수병이 말라비틀어졌음에도 그 향에는 촉촉한 윤기와 신선함이 남았습니다. 어쩌면 설렘과 순수한 이미지까지도……."

"더 없나?"

"주제는 꽃인데 주제에 대한 언어는 하늘의 점지라고나 할까요? 분명 네임드 향수인 것 같습니다만… 맞았습니까?"

"이 향수를 얼마에 샀다던가?"

"소분된 향수였지만 500불이나 줬다고 들었습니다. 그것도 오래전에요."

"그렇다면 농부르 띠미드일 가능성이 높네. 소분하기 전의 병은 바이올렛 컬러의 사각 병이었을 걸세."

"교수님은 아시는군요?"

"내 기억이 맞다면 시향을 했었지. 잠깐만."

라파엘이 노트를 꺼낸다.

"여기 있군. 숙연하고 신성한 느낌에 촉촉하면서도 윤택한 이미지. 거기에 더해 좋아하는 사람을 앞에 두고 고백하지도, 돌아서지도 못하는 어린 소녀의 순수와 열정, 설렘에 신성함을 부여한 향수. 내게 향수를 소개한 사람의 평이었네. 아쉽게도 포뮬러는 없군. 1980년대 이 향수 회사 용매 보관실에서 폭발 사고가 나면서 그걸 만든 조향사가 중상을 입었거든. 그 후로 그 회사는 다른 글로벌 향수 회사에 인수합병이 되었고."

"향의 이미지와 비슷합니다."

강토가 숨을 돌렸다. 강토의 연상과 흡사한 평이었다.

"그런데 자네 혹시?"

"혹시 카피를 생각하셨다면 딩동댕입니다. 그분이 시그니처로 삼았다기에 제가 만들어다 주겠다고 약속을 했거든요."

"흥미롭군."

"하지만 교수님의 도움이 필요합니다."

"내가 아니라 내 향수 오르간이겠지?"

"……."

"그걸 만들어 주고 받는 대가는 뭔가?"

"우선은 이것입니다."

강토가 초콜릿을 꺼내 놓았다.

"초콜릿 같은데?"

"맞습니다. 준서 형이 만들었습니다."

"박준서?"

"예."

"박준서는 왜?"

"준서 형 이모거든요. 교수님께 잘 보이라고 저를 지원하는 거죠."

"한국말로 뇌물이군?"

"한국말로 마음의 선물입니다."

강토가 정정을 했다. 뇌물 따위를 쓸 생각은 강토에게도 준서에게도 없었다.

"어디 보자……?"

상자를 연 라파엘의 눈빛이 굳었다. 프랑스 국기로 디자인된 초콜릿이었다. 게다가 국기의 삼색 줄마다 다섯 개씩 올라앉은 장미 모양… 라파엘의 선택은 붉은색이었다.

빨강.

조향 공식에도 유화의 물감처럼 색상 공식이 있다. 빨강으로 대표되는 향은 오리엔탈 향이다. 그가 한국행을 택한 건 우연이 아닌 모양이었다.

"장미 향?"

입에 넣기 전에 강토를 바라본다.

"이건 자네가 만든 향수에 들어간 그 장미 같은데?"

"준서 형이랑 저랑 합작을 하고 있으니까요."

"내가 이걸 먹으면 셋이 합작하는 셈이군?"

"프랑스 국기도 삼색이죠."

"한국 국기는 4색이던데? 빨강, 파랑, 검정, 흰색."

"그쪽으로 가면 건곤감리 검정색은 캐고스미아 앓으시는 분으로 하면 되겠네요. 악취만 맡으시니 색으로 치면 검정 아니겠습니까?"

"나머지 삼색이 합작해서 검정의 악취를 몰아내 주자?"

"삶의 희망도 주는 거죠. 향을 재현하면 제게 장학금도 주시겠다고 약속했습니다."

"삶의 희망이라… 외면하기 어려운 옵션이군."

라파엘의 초콜릿이 입으로 들어갔다.

"좋군. 아몬드와 장미 향이 어우러진 초콜릿… 박준서의 꿈이 쇼콜라티에나 파티시에라고 했지, 아마?"

"그렇습니다."

"개업하면 내가 단골이 될지도 모르겠군."

"교수님."

라파엘의 호평에 강토 표정이 밝아졌다.

"아아, 다 끝난 게 아니네. 내 옵션도 있어. 향수 오르간을 초콜릿만으로 내줄 수는 없으니까."

"말씀하십시오."

"그 향수, 두 병을 만들게. 하나를 내게 준다면 허락하겠네. 나도 남는 게 있어야지?"

"우왓, 고맙습니다, 교수님."

강토가 벌떡 일어나 인사를 했다.

"나한테까지 쳐들어온 걸 보니 포뮬러 분석은 끝난 모양이군?"

"조금은 남았습니다. 하지만 그 리넨이 있고 교수님의 향수 오르간이 있고, 검증해 주실 교수님까지 계시니 도전해 보고 싶습니다."

"계획은 완벽한데?"

"하핫."

강토가 얼굴을 붉혔다.

"자네 후각이라면 알게 되겠지만 농부르 띠미드에 쓰인 S급 시더우드는 없네."

"그건 제가 해결하겠습니다."

"어떻게?"

"지켜봐 주십시오."

강토가 답했다. 시더우드라면 문제가 없었다. 있는 원료를 살릴 수도 있고 정 안 되면 블랑쉬의 선물 중에서 미량을 사용할 수도 있었다. 이건 과시를 위한 향수 제조가 아닌 것이다.

"그래. 언제 향수 오르간의 의자를 비워 두면 되겠나?"

"천연 장미는 조금 남았으니까 됐고요, 제비꽃 향을 추출 중입니다. 일주일 후쯤에 잠깐만 허락해 주시면 고맙겠습니다."

"제비꽃은 어디서 구하는 건가?"

"저희 집에서 가까운 곳에 시인이 사는데 이분이 야생화를 좋아하십니다. 그 뒷마당에 핀 제비꽃이 쓸 만해서 좀 빌리기로 했습니다."

"역시……."

"예?"

"자네 말일세. 하늘은 스스로 돕는 사람을 돕는다더니 딱 이야."

"감사합니다."

"제비꽃은 냉침법?"

"예."

"기름을 잘 골라야 할 텐데?"

"마장동에서 친절한 분을 만났습니다. 질 좋은 송아지 유지까지 구했으니 걱정하지 않으셔도 됩니다."

"알겠네. 제비꽃은 작아서 천연 향 받기가 하늘의 별 따기인데 한 방울은 나올 수도 있겠지."

"그럼 준비가 되면 찾아뵙겠습니다."

강토가 일어섰다.

뒤도 돌아보지 않고 뛰었다.

농부르 띠미드, 농부르 띠미드.

라파엘이 알려 준 향수 이름이 걸음보다 빨리 따라왔다.

"형."

그 뜀박질은 준서와 멤버들 앞에서야 멈췄다.

"성공?"

준서는 강토의 얼굴을 보고 알았다. 대답 대신 강토 손이 먼저 나왔다.

"이야."

준서가 하이 파이브를 작렬해 주었다.

짝.

"내 초콜릿은? 드셨어? 뭐라셔?"

"이렇게 말씀하시던데?"

"뭐라고?"

준서가 청각을 곤두세운다. 굉장히 궁금한 눈치였다.

"우리 셋이 합작이라고. 나, 교수님, 그리고 형."

"정말?"

"그럼."

"으아악, 윤강토."

준서가 강토를 덮쳤다. 보도블록 위로 함께 쓰러졌다. 그렇게 마냥 좋은 강토와 준서였다.

마침내 제비꽃 포마드가 나왔다. 커다란 유리판이 아니라 비커 하나에 불과했지만 가슴이 두근거렸다. 가열법을 택했더라면 시간을 앞당길 수 있었다. 하지만 최상의 향기를 얻기 위해서는 어쩔 수 없었다.

흠흠.

포마드의 향은 좋았다. 제비꽃의 숨결이 고스란히 옮겨진 것이다. 진짜 작업은 이제부터 시작이었다.

오늘은 할아버지의 기분도 좋다. 낮에 방 시인에게 얻어 온 오이소박이 때문이었다. 너무 많이 먹는다고 구박을 받았지만 강토가 그냥 넘어갈 리 없었다.

"냄새를 보니 오늘이 절정이거든요. 묵히면 쉬어 터진다고요."

"쉬어 꼬부라져도 괜찮거든?"

나름 미식가인 할아버지가 꼬장까지 부린다. 마지막 남은 한 조각은 치사하게 사수까지 하는 할아버지였다.

"아, 진짜 치사해. 안 먹어요."

강토가 슬쩍 받아쳤다.

"뭐? 이놈이 말버릇 좀 보게? 치사?"

"쳇, 그게 누구 때문에 얻은 건데요?"

"너 때문이냐?"

"아니면요? 저 아니면 방 시인님하고 말이나 제대로 섞었겠어요? 선물도 하나 못 주시면서……."

"선물 줬거든."

"예?"

그러고 보니 립스틱이 보이지 않았다.

"다 방 시인님에게 주신 거예요?"

"아니면? 남자는 올인이다. 양다리만큼 치사한 것도 없지."

"아주 이 감자떡도 가져다주지 그러세요?"

강토가 두 개 남은 감자떡을 가리킨다. 할아버지는 감자떡을 잘 만든다. 그것도 삭힌 감자로 만드는 떡. 이건 사우디나 예멘에서도 자주 먹던 레퍼토리였다. 전에는 몰랐지만 오늘은 삭힌 감자떡 특유의 꿉꿉하면서도 파우더리한 냄새가 제대로였다.

"이미 줬거든?"

"헐, 완전 반하셨네?"

"왜? 너 버리고 내가 방 시인이랑 독립할까 봐 겁나냐?"

"할아버지가 그렇게 하신다면 대환영이죠. 감자떡 닮은 꼬리한 냄새도 안 날 테고."

"뭐야?"

"속옷 말이에요. 유효 기간 하루 지났어요. 제가 방 시인님께 이실직고하기 전에 갈아입으시고 샤워하세요. 오늘 중요한 향수 만들 건데 오염되면 곤란하거든요."

"이놈이 후각 돌아오더니 할아비를 협박하네?"

"협박이 아니라 팩트."

팩트를 강조한 강토가 일어섰다.

"어딜 튀려고? 설거지."

할아버지가 강토를 잡았다.

"아, 진짜… 오늘 중요한 향수 만들어야 하는데……."

괜한 앙탈을 부리며 일어섰다. 할아버지만 힘들게 만들 수는 없었다.

개수대를 보니 너무 삭은 감자들이 보였다. 한두 개가 아닌 걸 보니 할아버지가 삭히는 기간을 오버한 것 같았다.

삭힌 감자의 악취.

야리쿠리하지만 강토가 사양할 리 없었다.

"웅?"

후각세포를 깨우다가 문득 분석을 멈췄다. 첫 냄새는 분명

역했다. 그런데 뒷냄새가…….

'내가 잘못 맡았나?'

손을 대충 씻었다. 손에 묻은 삭은 분자의 양을 줄인 것이다.

"어?"

강토가 놀란다. 감자 냄새의 두 얼굴을 보았다. 삭은 감자의 냄새는 악취에 가깝지만 조금 씻어 내고 남은 냄새는 굉장히 파우더리하고 스위티했다.

「기 로베르—Guy Robert」.

마스터피스로 불리는 조향사가 떠올랐다. 샤넬 NO.19의 퍼퓨머 Henri Robert의 조카인 기 로베르. 용연향과 알데히드에 허접한 비누 향을 더해 만든 명작 디오르에상스.

그는 품질 테스트를 마친 용연향 냄새를 씻어 내기 위해 손을 닦다가 자신이 구상하던 영감의 퍼즐을 완성했다.

'어쩌면 이 삭힌 감자도…….'

어떤 냄새 분자도 허투루 넘기지 않는다. 처음과 나중이 다른 삭힌 감자 냄새를 쿵쿵거리며 설거지를 마쳤다.

다락방으로 올라와 전용 냉장고를 열었다. 작은아버지의 병원에서 득템한 장학금으로 와인 셀러까지 샀다. 향수 숙성에 필요하다는 라파엘의 조언에 따른 것이다.

제비꽃 포마드에서 분리된 알코올이 보였다.

큼큼.

다시 손을 확인한다. 감자 냄새가 아직도 남았다. 그런데
이 향은 아련해질수록 더 부드럽고 달콤해지는 것 같았다. 어
쨌든 손을 씻었다.

그런 다음에 알코올을 분리했다. 남은 걸 작은 플라스크에
따르니 꼭 향수처럼 보였다. 한 번 더 여과한 후에 마무리 작
업에 돌입했다. 전용 알람빅에 넣고 하는 증류였다. 남은 알코
올까지 날려 버리자 마침내 보석보다 소중한 완전판 에센스
가 남았다.

"……!"

거의 보이지 않는다.

하지만 강토 표정은 환했다. 양이 적을 것은 미리 알고 있
었다. 그럼에도 코를 후려치는 에센스 특유의 냄새가 나니 향
수 한두 병 만드는 건 문제가 없었다.

장미와 삼나무 에센스는 블랑쉬의 보석 중에서 취했다. 전
생의 에센스로는 용연향 이후에 첫 조향이었다. 뜻깊은 곳에
쓰는 것이니 그도 기뻐할 것 같았다.

「장미 에센스」, 「제비꽃 에센스」, 「삼나무 에센스」.

강토의 준비는 새벽 1시가 넘어서야 끝났다.

＊　　　　＊　　　　＊

사박.

초여름의 숲길을 강토가 걷는다. 아직 이슬이 마르지 않은 시간. 프랑스에서 돌아온 후로 종종 이른 새벽 산책을 즐기는 강토였다.

목적은 역시 이른 아침의 숲 냄새였다. 이슬을 촉촉이 머금은 숲의 향은 후각을 편안하게 만들었다. 저 아래로 펼쳐지는 아스팔트와 시멘트, 유리와 강철로 이루어진 세상과는 아주 달랐다.

숲에는 수만 가지의 냄새 분자들이 섞여 있다. 그 분자들이 노래를 한다. 강토의 후각이 기체색층분석기라면 냄새 분자들은 시료들이다.

산에 오르면 흙과 나무, 돌 냄새가 압도적이다. 나무 냄새가 나면 분자가 크다. 그러나 자연 향으로 섞인 냄새들은 불협화음이 없다. 복잡하지만 상쾌하다. 인공 향은 반대다. 그들은 섞을수록 단순해진다. 상쾌한 느낌은 없다. 그저 명쾌할 뿐이다.

그렇다고 화학자들에 의해 창조된 향들을 평가 절하 하는 건 아니었다. 지금은 블랑쉬의 시대와 달랐다. 그때 쓰던 향 원료들 중에는 금지된 것도 많았다. 예컨대 사향이 그렇다. 나아가 피부 알레르기 등의 문제도 부각되었다.

따라서 실험실 향이 없다면 히아신스 향도, 라일락 향도, 뮤게 향수도 누리기 어렵다. 멋진 복숭아 향으로 명작 반열에 입성한 미추코도 알데히드 C14 덕분이었다.

코가 상쾌해졌다.

흐흠.

나무에 기대 준서 이모의 인생 향수 냄새를 맡았다. 마무리를 위한 시도였다.

농부르 띠미드.

아쉽게도 그 향수에 대한 포퓰러 기록은 남아 있지 않았다. 정말 폭발과 함께 사라진 모양이다. 구글에서 찾은 한 줄은 첫사랑 소녀의 첫 고백의 설렘 정도였다. 그건 향수명으로도 짐작하는 내용이었다. 불어로 띠미드는 '수줍은'이다. 실망하지는 않았다. 어차피 예상하던 일이었다.

향수.

블랑쉬의 시대와는 비교도 할 수 없이 변했다. 그때는 플로럴 노트의 신작만으로도 세상을 흔들 수 있었다. 당대의 향수 명인이었던 겔랑 가문은 불과 수십 년 전까지만 해도 셀 수도 없는 에센스 종류를 때려 넣는 범벅 따위는 하지 않았다. 꼭 필요한 몇 가지 향으로 승부를 보았던 것이다.

그건 냄새의 성분을 생각하면 공감이 간다.

탄소, 수소, 산소, 질소, 황.

극히 일부를 제외하면 다섯 가지 구성이다.

이 원소들은 몇 가지 공통점이 있다.

생명체를 이루는 다섯 원소이며 주기율표에서 비금속에 속하며 위쪽 상단에 위치한다.

이들 다섯이 들어간 향이면 농담과 향조 조절은 얼마든지 가능했다.

그가 조향의 진정한 능력자라면.

리넨 속에서 명백한 건 장미와 제비꽃, 그리고 삼나무, 시더우드의 향이었다. 나머지는 오직 분위기였다. 숙연하고 신성한 느낌에 촉촉하면서도 윤택한 이미지. 거기에 더해 좋아하는 사람을 앞에 두고 고백하지도, 돌아서지도 못하는 어린 소녀의 순수미.

열정적인 마음에 맺힌 순백의 사랑.

첫사랑이다.

조향사는 장미와 제비꽃의 성격을 기막히게 살려 명곡으로 승화시켰다. 장미가 의미하는 열정과 사랑, 제비꽃이 뜻하는 순수한 사랑. 거기에 야생 베티베르를 더하면 어느 정도 이미지가 완성된다.

그러나 현대 향수는 단순한 구성과 작별을 했다. 신비감을 덧씌우려는 건지, 그도 아니면 향료의 가짓수로 소비자를 홀리려는 건지 수십 분자의 구성으로도 모자라 수백 가지 분자의 구성을 가지는 경우도 흔했다.

어쨌든.

흠흠…….

다시 한번 시향 한다.

이 향수는 오래전의 것이다. 그 말은 곧 어떤 냄새 분자를 넣었든 대다수가 날아갔다는 뜻이었다.

잠시 향수의 성분 안으로 들어가 본다.

향수의 주성분은, 따지고 보면 에탄올이다. 내용물 중에 절대다수를 차지하기 때문이다. 에탄올은 발향에 있어 필수적인 존재였다. 이걸 넣어야 향이 날아간다.

나 좀 봐, 나 좀 봐.

나를 가져 줘 하며 속삭이는 증기가 되어.

향수의 에센스들은 방향족에 벤젠고리를 가지고 있는 휘발성물질이다. 에센스마다 분자량이 다르니 몸이 가벼운 것부터 먼저 날아가 후각에 골인한다. 흔히 말하는 톱노트들이다.

그러나 에탄올은 미스트로 발사되는 순간부터 휘발되기 시작한다. 이걸 늦추기 위해 정제수나 보습제 등이 투하된다. 보습제는 흔히 글라이콜이 붙은 물질들이라 끈적하다. 향에 무게감을 더해 주게 되니 지속력이 높아진다.

향수의 지속력은 향 에센스에 따라 다르다. 몇 시간이면 지구를 떠나는 아이들도 있고 몇 년에서 몇십 년을 가는 것들도 있다.

예를 들면 샌들우드가 그렇다. 제대로 낸 에센스라면 그 향이 최소한 몇 년을 간다. 몰약 향 역시 10년 정도는 문제없다. 사향이라면 수십 년인데 히말라야의 시더우드나 용연향을 넣으면 인간의 수명쯤은 훌쩍 뛰어넘어 버린다.

흠흠.

리넨의 향도 하루씩 희미해진다. 병 안에서 말라붙은 덕분에 그나마 남아 있던 향의 분자들.

몇 가지 그림이 잡힌다. 이 향수에는 최소한 사향이나 영묘향, 용연향은 들어가지 않았다. 애니멀릭한 느낌이 없는 건 명백했다.

그렇다면 질 좋은 시더우드와 베티베르의 합작이다.

삼나무로 불리는 시더우드는 많은 경우에 하트노트로 쓰인다. 그 특징은 상쾌하고 촉촉하다. 여기에 베티베르라는 훌륭한 고정제가 들어가면 각 향의 분자를 정화시키면서 신비로운 기운을 더해 준다.

좋았어.

저만치에서 산을 넘어온 햇살이 강토 콧등에 떨어졌다.

햇살의 영감과 함께 산을 내려왔다.

"오래 걸리시네?"

라파엘의 연구소 앞에서 준서가 조바심을 비쳤다.

"곧 오시겠지 뭐."

강토가 답했다.

"아, 초콜릿을 오븐에서 꺼낼 때보다 더 떨리네."

"형이 왜?"

"우리 엄마도 엄청 기대하고 있거든."

"형네 엄마?"

"네가 준 향수 시향 해 드렸거든. 바로 압수하더라. 요즘 그것만 뿌리고 다니시는데 느낌이 좋대."

"흐음, 내 향수로 형이 누리네?"

"너 때문에 몇 년간 실습실에서 구박받은 보상이다, 왜?"

"으음, 그건 인정."

"잘되어야 할 텐데… 이모 사실은 지금 병원에 계시거든."

"병원에? 왜?"

"어제 보건소에서 여름 방역을 했단다. 하필이면 이모네 대문 안에다 엄청 쏴 줬나 봐."

"아후, 지금은 괜찮으셔?"

"엄마가 가 계신데 말이 아니래. 응급실에서 두 시간 만에 깨어나셨다던데?"

"오늘 향수 만들어도 숙성에 최소한 한 달 정도는 필요한데… 괜찮을까?"

"수술까지는 한 달 반쯤 남았으니까 괜찮을 거야."

"……."

"강토야."

"응?"

"뇌종양 말이야, 진짜 아닌 거 같았냐?"

"냄새로는. 하지만 내가 의사는 아니잖아?"

"아무튼 부탁한다. 이거 아니면 이모 마음을 돌릴 기회가 없어."

"걱정 마. 나도 오기가 있거든."

강토가 다짐했다.

"어, 윤강토, 박준서."

라파엘이 도착한 것은 그로부터 1시간쯤 지난 후였다.

"나 기다리는 건가?"

"네, 교수님."

강토가 대답했다.

"오늘이 디데이?"

라파엘의 시선이 강토 손에 들린 에센스 상자에 꽂혔다.

"네. 괜찮을까요?"

"그럼 미리 말을 하지 그랬나? 프랑스에서 지인이 와서 말이야."

"수업이 생각보다 일찍 끝났습니다."

"좋아. 들어가세."

라파엘이 앞장을 선다.

'파이팅.'

준서가 주먹을 쥐어 보인다. 강토도 주먹으로 굳센 의지를 전하고 라파엘의 뒤를 따랐다.

딸깍.

라파엘의 조향실에 불이 들어왔다. 강토 코의 불은 그보다 먼저 들어와 있었다. 에센스들의 위치를 파악하는 것이다.

"포뮬러를 찾았나?"

향수 오르간 앞에서 라파엘이 물었다.

"예."

"그래?"

"정확히 말하자면 포뮬러가 아닙니다. 오래된 향수니 공식을 구하지 않는 한 100%가 될 수는 없을 것 같습니다. 개중에는 이미 다 날아가 버린 향 분자도 많을 테니까요."

"내 생각도 그렇네. 그럼 자네 대안은?"

"날아가 버린 향들은 패싱할 생각입니다."

"패싱?"

라파엘의 촉을 세웠다.

"쿠마린처럼 필수 불가결의 향이 아니라면 첨가하지 않아도 되지 않을까요? 네임드 향수였다면 천연 보습제로 글리세린이나 히알루론산을 첨가했을 수도 있겠죠. 아니면 변색 방지를 위해 벤질살리실레이트, 착향을 위해 시트로넬올, 자외선 차단을 위해 아보벤젠이나 에칠헥실메톡시신나메이트 같은 것들도……."

"……."

"하지만 당장의 목적에는 그런 물질들이 필요가 없으니까요."

"그럼 향기 에센스만으로?"

"장 폴 겔랑이 그런 말을 했더군요. 향수의 가치를 결정하는 건 원료의 숫자가 아니라고요."

"그런 말은 좀 더 나중에 써도 되지 않을까?"

"죄송합니다."

"핀잔을 주려는 게 아니네. 자네 실력이야 인정하지만 아직은 학생이니까."

"……"

"아무튼 시작하시게. 무엇이건, 어떤 에센스건 써도 좋아. 모르는 거 있으면 질문하고."

라파엘이 의자를 가리켰다. 그의 자리는 다시 강토의 차지가 되었다.

라파엘의 향수 오르간 앞에서 눈을 감았다.

수백 가지의 원료 냄새가 아련하다. 무거운 분자들은 아래에서 손을 흔들고 가벼운 분자들은 코까지 날아와 아른거렸다. 이 미묘함들이 콧속에서 분류가 된다. 그 감 그대로 손을 내밀었다.

「α-이오논」.

「베티베르」.

강토의 선택이었다.

「천연 장미 에센스」.

「천연 제비꽃 에센스」.

「시더우드 에센스」.

집에서 가져온 향 원료와 함께 줄을 맞췄다.

흐음.

마지막으로 리넨의 냄새를 맡고 앞에 놓인 원료들의 냄새
도 맡았다. 연상 노트를 펼친다. 리넨의 향 원본과 비교한다.
강토의 연상 노트 향이 좀 세다.

어쩌면 당연했다. 리넨은 향이 다 날아간 것이고 연상 노트
는 새것이니까. 그렇기에 농도는 고려치 않았다.

33번째 시제품.

마음속에 오래 품어 둔 은어를 떠올렸다. 이 말은 완성 단
계의 시제품 아니면 역작을 뜻한다. 강토에게는 둘 중 어느
하나라도 상관없었다.

하지만.

고개가 살짝 기운다.

얼핏 보기에는 그림이 맞았다. 그러나 곰곰 뜯어보니 원작
명화를 4도 인쇄로 찍어 낸 기분이다. 요리로 치면 모양은 갖
췄는데 맛이 밋밋하다.

열정 속의 순수한 순백의 사랑, 신성하면서도 숙연한, 촉촉
상큼하면서도 윤택한, 순진하면서도 약간은 변덕스러운.

열정 & 사랑=장미꽃

순수=제비꽃+α—이오논

신성=베티베르

촉촉상큼=시더우드

리넨 속에 담긴 이미지는 거의 연결이 되었다.

그래도 부족한 게 있을까?

다시 눈을 감고 오르간에 놓인 향의 세계로 들어간다. 미묘한 차이를 알아야 했다. 이모의 인생 향수를 만든 사람은 어떤 영감으로 시작했을까? 좋아하는 소년을 앞에 두고 차마 고백하지 못하고 돌아서는 순백의 소녀. 잠시 그 소녀가 되어 본다.

'나무를 그리려면 나무 속과 주변을 알아야 하지. 색은 주변색의 영향을 받거든.'

할아버지의 말이었다. 그렇기에 하얀 자작나무를 그려도 녹색과 흙색이 미량 들어갔다. 푸른 하늘의 색감도 조금 찍어 넣는다. 그래야만 나무 색감이 평안하다. 즉, 나무는 흰색이지만 그 안에는 여러 색감이 중첩된 것이다.

소녀의 순수와 설렘.

천연 제비꽃 향과 합성 향 α—이오논만으로도 약했다. 이미지가 선명하지 않았다.

흐음.

강토의 후각이 수선화와 살구꽃 에센스에서 멈췄다. 둘을 더해 본다. 소녀의 순수가 조금 더 선명해진다. 그러나 살구보다는 수선화 쪽이다.

흐음.

또 한 번 에센스 사냥에 나선다. 이번에는 인동덩굴이었다.

소녀의 순수가 뚜렷해진다. 하지만 문제가 남는다. 그렇게 되면 다른 노트가 약해지는 것이다.

리넨의 향에는 아직도 촉촉한 느낌이 있었다. 시더우드만으로 부족하다면…….

'오크모스…….'

강토의 선택은 오크모스였다.

끝이다 싶을 때 알데히드도 머리에 들어왔다.

"……!"

감았던 눈이 번쩍 떠졌다. 이걸 더하자 향수의 화소가 조금 더 밝아진다. 향 분자의 기능을 강하게 만드는 것이니 추가를 했다. 미묘하게 허전하던 퍼즐들의 형태가 덜커덕 들어맞는 것 같았다.

이제 손윤희를 생각한다.

예멘의 그녀는 인기 절정이었다. 해외 로케라 들뜬 마음도 있었을 것이다. 향수에는 추억도 담긴다. 당시의 열정을 자극하는 보조 역할로 맞춤한 알데히드가 되기를 빌었다.

수선화는 맑고 청량한 향을 낸다. 여리여리하니 청순가련에 가깝다. 인동덩굴 역시 풋풋하고 수수한 향이다. 오크모스는 촉촉한 나무 이끼의 향을 내니 리넨의 향이 주는 이미지와 거의 같았다.

「수선화 에센스」.

「인동덩굴」.

「천연 장미 에센스」.

「α—이오논」.

「천연 제비꽃 에센스」.

「알데히드」.

「오크모스」.

「시더우드」.

「베티베르」.

원료 탐색은 끝났다. 남은 건 재현이었다. 어쩌면 한 사람의 운명을 좌우할 수도 있는 향수의 재현…….

블랑쉬.

내가 만드는 첫 33번째 시제품이야.

지켜봐 줘.

마치 오래전부터 이 향수 오르간의 주인인 것처럼 익숙한 손놀림.

발효 주정 에탄올을 적량 채운 플라스크 앞에서 강토의 신세계가 시작되었다.

＊   ＊   ＊

향수.

장미 추출물과 에탄올을 섞으면 끝나는 것 아닐까?

정답이다.

간단하게 말하면 그렇게도 만들 수 있다.

하지만 그건 꽃향기를 한 번 맡는 것과 다르지 않았다. 에탄올에 섞여 퍼지는 장미 향은 금세 날아가기 때문이다.

향수의 발달은 사람들의 욕망과 궤를 같이한다. 좋아하는 냄새를 오래오래 간직하고 싶은 것이다.

그렇기에 초기의 향은 향 원료를 몸에 지니는 것으로 시작되었다. 향낭으로 불리는 향주머니가 그랬으니 많은 여자들이 그것을 애용했다.

초기 향수 역시 한두 가지 향기에 포도주 주정을 혼합하는 일에 지나지 않았다. 이때까지는 발향력이 이슈였다. 그러자 새로운 미션이 떨어졌다.

「오래가는 향수」.

지속력이다.

니즈는 당연했다. 시트러스나 플로럴. 빠르게 매혹당하는 만큼 빠르게 신기루가 되어 사라졌다. 해결책은 많이, 자주 뿌리는 것뿐이었다. 하지만 천연 에센스들은 가격이 비쌌다. 왕족이나 부유한 귀족이 아니고는 그럴 수 없었다.

이때부터 향수는 지속력을 생각하게 되었다. 분자량이 무거운 향을 동원해 지속력을 높이고 천연 에센스로 향조를 강조하는 블렌딩이 본격화된 것이다.

이후 유기화학이 발달하면서 합성화학이 멋진 지원군이 되었다. 자연에서 얻기 어려운 천연 에센스의 대량생산은 물론이고 고정제, 보습제, 색소, 자외선을 차단하는 변색방지제 등을 첨가함으로써 대량화의 니즈를 해결한 것이다.

향 에센스가 아닌 첨가물들은 때로 알레르기나 피부질환 등의 부작용을 나타냈지만 향수의 장점을 살리고 단점을 커버하기도 한다. 나아가 용연향과 사향 등이 거래 금지가 되면서 천연 고정제 등이 부족한 것도 사용 증가의 이유가 되었다.

라파엘의 조향 오르간에는 당연히, 각종 첨가 물질들이 구비되어 있었다.

천연 고정제 아이리스 피오렌티나, 시더모스 등이 있고 휘발 억제제로 쓸 수 있는 흰붓꽃 뿌리 에센스나 오크모스가 보인다. 화학물질 역시 제라니올과 부틸렌글라이콜을 필두로 시트로넬올 등의 착향제, 최상급의 천연 보습제 글리세린과 히알루론산도 있었다.

하나하나 뚜껑을 열고 향조를 맞춰 본다. 그리고는 그 뚜껑들을 일제히 닫아 버렸다.

블랑쉬.

그에게는 필요 없는 물건이었다.

마이크로 피펫을 잡은 엄지가 움직이기 시작했다. 향조의 캔버스 위에 향이 올라간다. 오직 에센스의 농도만을 읽어 내며 조향을 하는 것이다.

첫 작업은 천연 제비꽃과 α—이오논의 배합이었다. 천연과

합성 향의 만남. 서로의 장점을 살리는 비율로 섞으니 위화감
은 전혀 없었다.

흐음.

향을 테스트한다.

좋았어.

강토가 고무된다. 이제부터 본격적인 블렌딩이 시작되었다.
오크모스가 첫 주자였다. 에탄올에 나무 냄새가 입혀진다. 다
음으로 믹싱을 끝낸 제비꽃을 넣고 천연 장미 향을 떨구었다.

장미 향은 스케치 때의 구상보다 많이 취했다. 손 여사와
이 향수의 첫 만남. 그날의 열정을 반영한 결정이었다.

다음은 톱노트로 불릴 수선화와 인동덩굴 에센스였다. 비
율은 후각이 결정했다. 그러면 엄지가 에센스를 취하고 적하
한다. 화사한 장미와 순수한 제비꽃 향에 수선화와 인동덩굴
의 여리여리한 청순과 풋풋함이 더해진다.

강토도 그 분위기에 함께 젖는다. 향은 이미 코 안에 가득
했고 뇌를 타고 내려가 심장을 적셨다.

두근.

에탄올 안에 들어간 꽃의 향기들. 오케스트라의 악기들처
럼 자기 소리를 낸다. 불협화음은 일절 없다. 수선화와 인동
덩굴은 그들의 역할을 알았으니 주인공은 오로지 장미와 제
비꽃인 것이다.

이제 알데히드가 들어간다. 현대 조향이라면 알데히드는

수선화나 인동덩굴 전에 들어가는 게 옳았다. 하지만 강토는 상관없었다. 오히려 순서를 바꿈으로써 각각의 향 기능을 더 또렷하게 만들 수 있었다.

톡.

엄지가 버튼을 누르자 알데히드가 떨어진다. 꽃향기에 활력이 돈다. 처음보다 힘차게 퍼지며 후각을 어루만진다.

흐음.

아주 좋았어.

잠시 향에 취하고는 마무리에 돌입한다.

시더우드다.

이 또한 차례를 어긴 조향이지만 개의치 않았다. 오크모스가 만든 촉촉한 세계에 한 겹 실드를 보태 준다. 알데히드의 힘에 더해 상쾌함과 숲의 촉촉한 향이 배가되니 소녀의 설렘과 순수의 홍조가 손에 잡힐 듯 선명해졌다.

화려한 엔딩은 베티베르가 맡았다. 베티베르는 톱노트부터 베이스노트까지 통합하고 조율하는 파워를 가지고 있다. 게다가 신성한 느낌까지 부여한다.

사앗.

피펫을 내려놓고 정제수를 채운다. 그런 다음에야 플라스크 목을 잡아 살짝 흔들었다.

흐음.

그 상태로 후각을 열었다. 심장이 나른해진다. 어쩌면 불안

같기도 한 설렘이 느껴졌다. 리넨의 향으로 원판과 대조를 한다.

리뉴얼이 생각났다. 헌 제품을 완전 새것처럼 고쳐 놓은 것. 그것에 비견할 수 있을 정도의 복원이었다.

'블랑쉬, 고마워.'

플라스크를 내려놓고 두 손을 모았다. 전생의 나에게 보내는 감사였다. 이마에 닿은 손에 땀이 묻어났다. 그러고 보니 온몸에 땀이 흥건했다. 땀에 젖는 것도 모를 정도로 집중한 모양이었다.

하지만.

강토보다 더 집중하고 있는 건 라파엘이었다.

향수 오르간의 강토를 보며 눈을 의심했다. 착각이겠지만, 거기 앉은 건 학생이 아니라 조향의 대가처럼 보였다. 미치도록 완숙하고 노련했으며 안정되어 보였다.

"교수님."

강토 목소리가 라파엘의 주의를 환기시켜 주었다.

"끝났나?"

라파엘이 티슈 몇 장을 내밀었다. 몰입한 강토를 위해 뽑았던 건데 그조차 잊고 있었다.

"예."

강토가 답했다.

"좀 볼까?"

"예."

강토가 블로터를 담갔다. 종이가 아니라 세라믹이었다.

"……?"

시향을 한 라파엘의 시선이 굳는다. 한 번 더 시향 하는 라파엘. 완숙과 안정감. 그 환상에서 느끼던 향의 매혹이 거기 있었다.

"숙성 전이라 날것의 맛이 있지만 거의 똑같군. 흠이라면 장미 향이 약간 초과된 듯한 것뿐."

"정말입니까?"

"기가 막혀. 합성향료는 α—이오논과 알데히드밖에 쓰지 않았잖아?"

"그냥 재현이니까요. 잡다한 첨가물은 넣지 않는 게 좋다고 생각했습니다."

"하지만 그것들도 결국 향의 일부가 되지 않나?"

"그래서 고민하기는 했습니다. 좋은 향수라고 좋은 에센스만 쓰는 건 아니라고 들었거든요. A급보다 C급 향료를 넣었을 때 더 좋은 향이 되기도 한다는 것."

"향수의 불가사의지. 온갖 잡향이 혼재된 천연 향이 명쾌한 단일 향의 합성 향보다 각광받는 것처럼."

"책을 보니 완전히 똑같은 냄새는 없다고 하더군요. 그렇게 보면 같은 장미 향이나 제비 향이라고 해도 농부르 띠미드를 만든 재료와 똑같을 수는 없다고 생각했습니다. 그래서 이미지를 맞추는 쪽으로 구현해 보았습니다. 장미 향을 조금 더 쓴 것도 그런 맥락입니다. 이 향을 원하는 분이 이 향을 처음 만난 날은 더 젊고 더 열정적이었기에……."

"그것까지 고려했단 말인가?"

라파엘이 경기를 했다.

"이 향수에 합격점을 줄 사람은 죄송하지만, 교수님이 아니라 그분이시니까요."

"……"

"죄송합니다."

"아닐세. 자네가 오늘 내 나태에 한 방 제대로 먹인 거야."

"교수님……."

"전적으로 동감하네. 자네 생각이 옳아."

"감사합니다."

"이제 병에 담게나. 한 달 후, 혹은 6개월쯤 묵힌 후에 어떤 명작이 될지 기대가 되는군."

라파엘이 강토 어깨를 짚었다. 강토 얼굴이 편안해졌다.

향수는 딱 30㎖ 6병 분량이었다. 첫 병은 당연히 손 여사의 몫이었다. 다음부터는 라파엘, 방 시인, 그의 지인, 그리고 마지막 두 병은 강토가 챙겼다.

강토가 명명한 33번째 시제품. 마침내 완성이었다.

"형."

가벼운 마음으로 뛰어나왔다. 그런데 준서가 보이지 않았다. 대신 상미가 보였다.

"강토야."

"왔어? 준서 형은?"

"준서 오빠는 병원에 갔어."

"병원?"

"내가 오고 얼마 후에 전화가 왔어. 병원에 일이 생겼다고… 너한테 카톡 쏘는 거 같던데?"

"그래?"

강토가 핸드폰을 꺼냈다.

"……?"

바로 소스라친다. 핸드폰이 뜨거워질 정도로 많은 전화와 카톡이 들어와 있었다. 준서였다.

[일 났다. 이모 후각신경 제거 수술 일자 변경이야.]

[오늘 응급실에서 또 뒤집어졌대. 악성 변비 환자가 옆 침대에서 관장을 했나 봐.]

[이모가 혼수상태 직전까지 가는 바람에 의사가 수술을 앞당겼어.]

[들어온 김에 수술하자고 내일 오전으로 날짜를 잡았다는 거야.]

[나 일단 병원으로 간다.]

대화는 여기서 잠깐 끊겼다.

40분쯤 후에 다시 이어진다.

[윤강토, 나 병원 도착.]

[조향 아직이냐?]

[힘들면 그만해라. 수술 그냥 진행될 거래.]

[이모 힘들어하는 거 보니 나도 뭐라 할 수도 없고.]

[게다가 그 향수 일반인이 시향 할 정도로 에탄올 숙성시키려면 때려죽여도 보름이잖아?]

[좀 미안하다.]

그사이로 들어온 부재중전화가 10통쯤 되었다. 병원 소식을 전하려던 모양이었다.

강토가 전화를 걸었다.

—어, 강토야?

준서 목소리가 나왔다.

"형."

—카톡 봤냐?

"방금."

—일이 그렇게 되었다. 내가 병원 와 보니 이미 내일 수술 전 검사까지 다 마치신 거야. 의사하고 간호사들 분위기가 열라 심각해서 향수가 어쩌고 하는 얘기는 꺼내지도 못했다. 미안해.

"……."

—향수는 만들었냐?

"응, 겨우."

―아, 씨… 어떻게 일이 이렇게 되냐? 너도 개고생했는데…….

"형, 아직 병원이야?"

―그래. 이제 집에 가려고.

"아니, 거기 좀 더 있어. 내가 갈게."

―네가?

"내 말 잊었어? 손 여사님 뇌종양 아닐지도 몰라. 그런데 후각신경 제거하면 평생 냄새 못 맡고 살잖아?"

―야…….

"향수도 가져갈게."

―야, 방금 만든 향수를 일반인에게 시향 하려고? 이모에게는 거의 악취라는 거 몰라? 우리 이모 또 한 번 뒤집어질지도 몰라.

준서가 팩트를 상기시킨다. 백번 옳은 얘기다. 방금 만든 향수는 쪼는 향이 강하다. 향수의 절대다수가 에탄올이라는 사실을 상기해 보면 답이 나온다. 그렇기에 향수에는 알코올 숙성이라는 과정이 필요했다. 이 과정이 지난 후에야 일반인들은 향수의 아름다움을 느끼게 되는 것이다.

"그건 나한테 맡겨."

강토가 전화를 끊었다.

농부르 띠미드.

겨우 이미지를 완성시켰다. 이제 남은 건 시간의 경과뿐이었다. 햇살이 익혀 줄 과일들처럼. 하지만 그럴 시간이 없었다.

어쩐다?

지금까지 들인 노력은 상관없었다. 중요한 건 손 여사의 후각신경이었다.

뇌종양이 아니라면?

강토의 확신은 그쪽이었다. 그녀의 몸에는 분명, 뇌종양의 냄새가 없었다.

"뭐래? 그 이모라는 분 위독한 거야?"

상미가 물었다.

"그게… 상태가 안 좋아져서 내일 후각신경 제거 수술을 받기로 했대."

"뭐어? 그럼 네 향수는?"

"……"

"향수는 완성?"

"응."

"어떡해? 그런데 수술해 버리는 거야?"

상미는 어쩔 줄을 몰랐다.

"잠깐만."

강토가 연구소로 뛰었다.

"……!"

라파엘이 강토를 바라보았다.

"그 향수를 당장 사용해야 한다고?"

"네, 교수님."

"허어, 난감하군."

라파엘이 한숨을 쉬었다. 그라고 모를 리 없었다. 방금 만든 향수의 진가를 발휘할 재주는 그에게도 없었다. 이건 저 유명한 향수의 대가들이 온다고 해도 마찬가지였다. 향수의 숙성은 필수 과정이었다.

"방법이 없을까요?"

"글쎄… 세월이라는 향료가 없는 한… 과일처럼 강제 숙성을 시킬 수도 없고……."

"……."

"안타깝지만 그만 포기하게."

"하지만……."

"자네는 최선을 다한 거야."

라파엘의 손이 강토 어깨를 감싼다. 손길은 따뜻하지만 강토의 미련은 여전히 라파엘의 연구실 안이었다.

냄새.

냄새의 분자를 체크한다.

어떻게든 길이 있을 것 같았다.

순간 블랑쉬의 기억이 소환되었다. 블랑쉬에게는 수많은 위기가 있었다. 그중 하나가 바로 아델라이드의 실수였다. 공작 부인에게 납품할 향수병을 알랑에게 가져가다가 깨뜨린 것이다.

공작이 알면 아델라이드의 목이 날아갈 일. 그 계약은 굉장히 중요했으니 진짜 그럴 수도 있었다.

"기다려."

아델라이드를 달랜 블랑쉬는 생각에 잠겼다. 향수는 당장 새로 만들 수 있었다. 그러나 숙성이 문제였다. 숙성만은 블랑쉬도 단시간에 해낼 도리가 없었으니 그건 장미나 재스민의 향을 단숨에 취할 수 없는 것과 마찬가지였다.

고민하는 그의 눈에 알랑이 실험하던 향수 견본 병들이 들어왔다. 영감을 받은 블랑쉬가 그 뚜껑들을 열었다. 개중에는 알코올 냄새만 나고 향이 거의 없는 것도 있었다. 실패작들이다.

"......!"

블랑쉬의 눈이 번쩍 뜨였다. 그 실패작들이 수습의 열쇠였다.

"교수님."

실마리를 잡은 강토 목소리가 높아졌다.

"최선을 다한 거라니까."

"그게 아니고요. 해결책이 있을 것 같습니다."

"해결책?"

"죄송하지만 저 조향 오르간 한 번 더 쓸 수 있을까요? 그리고 교수님이 수집한 옛날 향수들도요."

"옛날 향수는 곤란하네."

"향이 제대로 보존된 건 건드리지 않겠습니다. 알코올만 남고 날아간 거면 됩니다. 그건 제가 냄새로 확인할 수 있습니다."

"뭐 그렇다면야… 그런데 뭘 어떻게 하려고?"

"잠깐만 기다려 주세요. 10분이면 충분합니다."

강토가 조향 오르간을 향해 뛰었다.

제7장

향수로 쓰는 기적

딱 10분.

강토는 약속을 지켰다. 10분이 되자 조향 오르간에서 일어
난 것이다.

"시향을 부탁합니다."

강토가 블로터를 내밀었다.

사랏.

세라믹 블로터가 라파엘의 코앞에서 바람을 갈랐다.

"……?"

단 한 번. 그럼에도 라파엘은 오감이 얼어붙는 것 같았다.
변화가 있었다. 풋과일이 어느 정도 익은 것이다.

말도 안 돼.

강토 손의 것을 받아 직접 흔들었다.

"⋯⋯!"

정말로 오감이 정지되었다.

두근.

심장 뛰는 소리까지 들린다. 벅찬 설렘과 원시의 순수, 주체할 수 없는 두근거림이 치고 들어온 것이다.

'이것⋯⋯.'

머릿속이 아찔해진다.

포뮬러는 변하지 않았다.

여리여리한 수선화의 청순가련함.

인동덩굴의 때 묻지 않은 풋풋함.

장미의 열정적인 사랑과 제비꽃의 순수함.

시더우드의 상쾌함과 촉촉함.

거기에 개별 에센스의 매력에 새 옷을 입히고 통합하는 알데히드와 베티베르⋯⋯.

물론 아까 시향 한 향도 기가 막혔다. 그러나 에탄올 때문에 싸아하게 쪼는 맛이 강하던 향. 그 기세가 사라진 것이다.

"리넨 좀 주게나."

라파엘이 말했다. 강토가 리넨을 꺼내 주자 가로채듯 받아 코로 가져간다.

"⋯⋯."

다시 그의 얼굴이 굳는다.

그 향이 그 향이다.

아니, 프로페셔널의 관점에서 보자면 간극이 있었다. 하지만 엄청나게 순화되었다. 이 정도라면 후각이 특별하게 예민한 사람이 아니고는 차이를 알기 힘들었다.

강토가 조향 오르간에 앉은 시간은 단 10분.

대체 어떤 일이 일어났을까?

"윤강토."

라파엘은 진실을 알기 원했다. 그는 진심으로 알지 못했다. 새로 내놓은 향에 특별하게 추가된 원료가 느껴지지 않은 것이다.

"이걸 좀 썼습니다."

강토가 비밀을 걸어 냈다. 그 손에 들린 건 두 개의 옛날 향수였다.

장미 단일 노트.

제비꽃 단일 노트.

그게 뭐?

라파엘이 두 병을 받아 든다. 뚜껑을 열고 향을 맡는다. 장미 향이다. 제비꽃 향이다. 그러나 아련하다. 너무 오래된 데다 보관 상태가 좋지 않았다. 그렇기에 향이 날아간 것이다. 그러니까 그 병 안에 남은 건 단물 빠진 꿀, 즉 향이 날아간 알코올들이었다.

"아."

순간 라파엘이 휘청 흔들렸다. 장미 향은 날아갔다. 그러나 알코올은 남았다. 그 알코올들은 긴 시간 동안 숙성된 것들이다.

"맙소사."

라파엘의 이마가 서늘해졌다. 이제는 그도 답에 가까이 가 있었다.

그제야 강토 입에서 설명이 나왔다.

"장미와 제비꽃 단일 노트 향수 힘을 빌렸습니다. 다행히 향이 거의 날아가 제가 만든 향에 영향을 많이 주지 않았습니다. 그 두 병의 알코올을 덜어 제가 만든 향수와의 접점을 찾아 블렌딩을 했습니다."

"......"

"교수님의 소중한 골동품을 써서 죄송합니다."

"아니, 아니야."

라파엘이 손을 저었다.

"사람을 살릴 수 있다면 그깐 향수가 문제인가? 그보다는 다만 놀라울 뿐이네. 자네의 그 발상......."

"다른 방법이 없으니 한번 시도해 본 것입니다. 교수님의 오르간이 없었다면 생각도 못 했을 겁니다."

"그럼 뭘 주저하나? 어서 병원으로 가지 않고."

"교수님, 감사합니다."

강토가 밖으로 뛰었다.

라파엘은 남은 블로터를 다시 집어 들었다.

초스피드 숙성.

그렇게밖에는 생각할 수 없었다.

한국 속담 하나가·떠올랐다.

궁하면 통한다.

그게 통했다. 이그제티브 조향사도 아니고 졸업반 학생. 그러나 볼 때마다 쑥쑥 성장하고 있는 이 놀라운 진보.

'허엇.'

기가 막히지만 통쾌했다. 이런 향수야말로 수백만 병 팔려나가는 히트작에 못지않다고 본 것이다.

'허헛.'

그는 블로터를 코에서 떼지 못했다.

"어떻게 됐어?"

밖으로 나오자 상미가 물었다.

"향수는 일단 완성."

"완성이라면?"

"병원으로 가야겠어. 내일 보자."

강토가 교정으로 달렸다.

"야아, 같이 가."

상미가 따라붙었다.

"강토야."

병원에 도착하자 로비의 준서가 손을 흔들었다.

"상미도 왔네?"

그 와중에도 상미를 챙긴다.

"향수가 완성되었다고?"

준서가 묻는다. 오면서 날린 카톡 때문이었다.

"응."

"어떻게?"

"라파엘 교수님의 비법을 빌렸어."

"……."

준서의 말문이 막힌다. 라파엘의 수준이라면 그럴 수도 있다고 판단한 것이다.

"병실은?"

"그런데……."

준서가 풀이 죽는다.

"왜?"

"이모는 진정제 맞고 잠들었어. 냄새 때문에 너무 힘들어해서."

"……?"

"간호사 말이 내일 아침까지 잘 것 같다고……."

"……."

"어쩌냐?"

"아, 뭘 어째? 이모님이 그 향수 한 번 더 시향 하는 게 꿈이었다며? 그리고 내일 아침에 수술한다며? 그럼 무조건 시향해야 하는 거 아냐? 강토도 개고생했는데?"

강토가 할 말을 상미가 해 버렸다. 듣는 준서는 한숨만 깊었다.

"일단 이모님 좀 보게 해 줘. 시향 못 하면 손에라도 쥐여 줘야지. 이 향수 임자는 형네 이모님이셔."

강토가 작은 향수병을 들어 보였다.

준서가 앞장을 섰다. 1인 병실 앞에는 기자들이 몇 명 와 있었다. 왕년의 빅 스타가 후각신경 제거 수술에 들어간다니 뉴스가 되는 모양이었다. 그러나 캐고스미아 때문에 들어가지는 못하고 전화 인터뷰를 마친 후에 동정을 살피는 중이었다.

그 병실 앞에서 강토 걸음이 멈췄다.

"왜?"

준서가 돌아본다.

"아니……."

가볍게 손을 저었지만 아무도 몰래 긴장이 되었다. 코를 쪼는 병원 냄새 속에서도 오롯한 향 때문이었다. 너무나 아련하지만 강토의 기억에 있었다.

수선화와 비스킷의 맑고 포근한 체취.

향수가 아니면서도 향수 같았던 여자.

'공현아…….'

문을 열자 과연 그녀가 보였다. 손 여사의 여동생과 준서 어머니도 보인다. 병문안을 온 모양이었다. 모두와 눈인사를 나누자 그들이 자리를 비켜 준다. 준서에게 이야기를 들은 까닭이었다.

"……."

공현아의 자연 향이 강토를 스쳐 간다.

절대 정화 구역.

그녀의 체취 덕분에 잠시 병원의 찌든 향에서 벗어났다. 저절로 풀리는 긴장을 내려놓고 현실로 돌아왔다.

손윤희는 잠들었다.

그새 많이 수척해 보였다.

"아, 씨……."

난감한 준서가 괜한 머리를 긁어 댄다.

"캐고스미아?"

상미가 강토를 바라본다.

끄덕.

강토가 고갯짓으로 답했다.

"쳇, 거기 비하면 나는 금수저네."

"……."

"뭐 해? 향수 손에라도 쥐여 드리지 않고."

상미가 강토 옆구리를 찔렀다. 악취에 시달리다 잠든 환자. 그런 사람을 깨워 향수 시향을 재촉할 수도 없었다. 거의 사투에 가깝게 만든 향수지만 빛을 보지 못하는 것이다.

그런데 사실.

빛을 보지 못하고 사라진 향수는 한두 가지가 아니었다.

33번째 시제품이라는 향수 은어만 봐도 알 수 있다. 그게 완성품이라고 해도 앞서 시도된 32가지 향수가 폐기된 것이다.

"그러고 나가자. 내가 찐하게 한잔 쏠게."

준서가 먼 산을 보며 말한다.

강토 시선은 손 여사에게 있었다. 향수는 문제가 아니었다. 만들기 위해 사력을 다했으니 그 과정은 강토의 경험이 되었다. 하지만 캐고스미아, 그리고 뇌종양…….

강토는 의사가 아니다. 하지만 후각만큼은 의사도 부럽지 않았다.

―뇌종양이 아니라고?

―그럼 캐고스미아는 다른 원인으로 온 거야.

작은아버지의 말과 블랑쉬의 후각이 겹친다.

피가 뜨거워진다.

그 둘은.

절대적으로 믿을 수 있었다. 그런 각오가 서자 망설일 것도 없었다.

치잇.

향수가 뿌려졌다. 손 여사의 잠든 얼굴 위였다.

"강토야."

준서가 소리칠 때 간호사가 들어왔다.

"지금 뭐 하는 짓이에요?"

놀란 그녀가 강토를 잡아챘다.

치잇.

그러는 사이에도 향수는 계속 분사되었다.

"미쳤어요? 이 사람 막아요."

간호사가 소리치자 의료진들이 들어왔다.

"무슨 짓입니까? 나가요."

의료진들이 강토를 잡아끌었다. 소란 때문에 손 여사의 동생과 준서 어머니도 들어왔다. 사연을 아는 그들이었으니 차마 강토를 탓하지는 못했다.

"다시는 못 들어오게 하세요. 더 소란 피우면 경찰에 신고하고."

의사가 목청을 돋울 때였다. 손 여사의 눈꺼풀이 떨리는가 싶더니 눈을 뜨고 말았다.

"아……."

의사 표정이 참담하게 구겨졌다. 캐고스미아 환자. 그 환자에게 테러처럼 뿌려진 향수. 다음에 이어질 사태가 뭔지 알기 때문이었다.

"우엑."

격렬한 오바이트와 몸부림. 또 한바탕 광풍에 시달릴 생각을 하고 있을 때……

일대 반전이 일어나고 말았다.

"아……."

손 여사 입에서 가는 신음이 나왔다. 두 손을 나풀 들어 올려 허공을 더듬더니 눈까지 살짝 풀린다.

"언니."

여동생이 손 여사를 부축한다. 손윤희가 그 손을 밀어냈다.

"잠깐."

손을 들더니 다시 시향 삼매경이다.

"이 향이야. 그때 그 예멘……."

손윤희의 기억이 과거로 돌아간다. 떠들썩한 예멘의 골동품 거리. 빡빡한 스케줄의 로케를 마친 탓인지 들뜬 표정이었다. 특히 향수 가게가 시선을 끌었다. 그곳에는 향에 관한 거라면 뭐든지 갖추고 있었다.

"동양의 미인에게 어울리는 향입니다. 조금 비싸긴 합니다만."

주인이 블로터를 흔들 때.

"아……."

조금 전에 터뜨린 신음과 비슷한 감탄이 나왔다. 정말이지 그 순간만은 첫사랑 소년 앞에서 두근거리던 소녀로 돌아간 것 같았다.

"아아……."

손윤희의 몸서리가 깊어진다. 행복한 전율이다. 의사조차

당황했으니 손을 쓰지 못했다.

"가만."

한동안 몸을 떨던 손윤희가 제정신으로 돌아왔다. 주위를
두리번거린다. 시야에 들어온 건 의료진과 여동생, 그리고 절
친이자 준서 어머니인 이해수였다.

"혹시?"

"괜찮으세요?"

의사가 물었다.

"괜찮아요. 혹시 준서 대학 친구?"

손 여사의 시선이 이해수에게 향했다.

"밖에 있어."

"혹시 이 향수… 그 친구가?"

"맞아. 진짜 괜찮아?"

"보면 몰라?"

"윤희야."

"어디 있어? 빨리 데려와. 나 이 냄새 더 맡고 싶어."

"선생님."

준서 어머니는 의사를 바라본다. 소동이 일어났으니 허락
을 구하는 것이다.

"야, 내가 괜찮다잖아? 빨리 데려와."

손윤희가 소리치자 의사도 긍정의 신호를 주었다. 캐고스미
아 환자가 괜찮다니 굳이 말릴 것도 없었다.

강토가 들어왔다. 준서, 상미와 함께였다.

"학생."

손윤희가 반색을 했다.

"윤강토입니다."

"그래, 윤강토. 이 향수… 결국 만든 거야?"

손 여사가 눈을 감고 코를 벌름거린다.

"예. 괜찮으세요?"

"보다시피."

"나이쓰."

준서가 주먹을 불끈 쥐었다. 조마조마 간을 졸이던 중이기 때문이었다.

"나 이 향수 냄새 더 맡을 수 있을까?"

손 여사가 묻는다.

"상미야."

강토가 상미에게 향수를 넘겼다. 그걸 받아 든 상미가 손 여사에게 다가섰다.

"실례합니다."

환자복을 열고 물수건으로 가슴팍과 손목을 닦는다.

치잇.

향수가 토출되었다.

"목덜미도 한 번."

강토의 추가 주문이었다. 향수의 극적 효과를 위한다면 뒤에 뿌리는 것도 방법이었다. 물수건으로 닦은 것은 에탄올의 양면성 때문이다. 에탄올의 화학식은 C_2H_5OH로 표현된다. 에틸기인 C_2H_5는 친유성이라 기름과 케미가 좋고 히드록시기 $-OH$는 친수성으로 물과 케미가 좋다. 즉, 알킬기와 히드록시기를 다 갖추고 있기에 물과 기름에 잘 섞이는 특성을 가지고 있다.

그런 이유로 향수를 뿌리는 부분에 수분이 존재하면 에탄올의 친수성으로 인해 향수가 공기 속으로 날아가는 속도가 늦춰진다. 그렇기에 샤워 직후에 향수를 뿌리면 건조한 상태보다 향수가 오래가는 것이다.

"아……."

손 여사의 후각이 향 분자를 감지하자 네 명의 입에서 감탄이 흘러나왔다. 손 여사에 여동생, 준서 어머니에 간호사까지. 딱 하나의 예외는 상미였으니 설명이 필요 없었다.

"좋아, 너무 좋아……."

손 여사의 표정은 그윽하다 못해 녹아내린다. 누구도 그 몸서리를 말리지 않았다. 캐고스미아에 시달린 이후로 냄새를 즐기는 모습은 처음이기 때문이었다.

"이모님."

그 감격 앞으로 강토가 나섰다.

"학생."

손 여사가 활짝 웃는다. 어릴 때 얼굴이 엿보일 정도로 해

맑았으니 소위 말하는 뒤센 미소의 진수가 거기 있었다.

"수고했어. 솔직히 큰 기대 안 했는데 진짜 만들었네? 돈이나 밝히던 방송가 조향 공방들보다도 백배는 나아."

"감사합니다."

"장학금 약속했으니까 꼭 줄게. 대학원 가면 그 학비도 내가 댄다."

"아뇨. 그 전에 다른 약속을 먼저 지켜 주세요."

"다른 약속?"

"잊으셨나요? 뇌종양 재진단?"

강토 목소리는 또렷했다.

*   *   *

"학생."

"제 향수를 인정하신다면 그 약속을 지켜 주세요. 준서 형과 저, 그리고 이 향수를 만들 수 있게 도와주신 라파엘 교수님의 소망입니다."

"교수님?"

그리고.

또 한 사람.

바로 블랑쉬.

그 이름은 말하지 않았다.

"이봐요, 학생."

의사가 끼어들었다.

"지금 무슨 말을 하는 겁니까? 재진단이라니?"

"죄송합니다만 혹시 냄새 암 진단이라고 아십니까?"

"냄새 암 진단?"

의사는 황당해 보였다. 그는 그런 진단법에 관심이 없는 모양이었다.

"손 여사님."

강토가 손 여사를 바라본다. 환자라지만 그녀는 유명 인사다. 의사들도 함부로 하지 못한다. 그러니 이 일을 결정할 사람은 그녀뿐이었다.

"내가 그런 약속을 했었지?"

손윤희가 숨을 고른다.

"네."

"내가 뇌종양이 아니다?"

"네."

"이봐요, 학생."

다시 의사가 나선다.

"잠깐만요, 선생님."

손윤희가 의사를 막았다.

"그 향수, 한 번 더 시향 해도 될까?"

"드려."

강토가 상미를 바라보았다. 상미가 병째로 건네주었다.

치잇.

그녀가 손목에 향수를 뿌린다. 다시 코를 박는다.

"해수 언니."

그녀가 준서 어머니를 불렀다. 3인방 중에서는 준서 어머니가 가장 연장자였다.

"왜?"

"나 솔직히 이 향 다시는 못 맡을 줄 알았어."

"기집애……."

"솔직히 준서가 저 학생 데려왔을 때 별로 믿지도 않았고."

"……."

"그런데 이 향수가 내 앞에 왔어. 예멘의 그날처럼."

"……."

"언니도 기억하지? 이 향수 산 후로 나 미치도록 승승장구했던 거?"

"그래, 끝내주게 잘나갔지."

"나, 그런 기적을 다시 기대해도 될까?"

"야, 손윤희."

"아, 좋다. 솔직히 말하면 지금 죽어도 좋을 거 같아. 내 인생 향수 냄새를 다시 맡을 수 있다니."

"……."

"게다가 역겹지도 않아. 한편으로는 무지 걱정했거든. 이 향수조차 악취가 되면 어쩌나……."

"……"

준서 어머니 눈시울이 뜨거워진다. 손 여사의 투병은 그만 큼 고질이었다. 겉은 멀쩡하지만 숨만 쉬면…….

우엑.

우에엑.

게다가 그녀는 톱스타 출신. 아직도 거리에 나서면 알아보 는 팬이 많은데 캐고스미아는 그녀의 이미지 따위는 일말의 고려도 하지 않았다. 그저 닥치고 우엑이었다.

치잇.

손 여사가 다시 향수를 뿌린다. 아예 '코박킁'을 시전한다. 코박킁은 향이 약할 때 나오는 자세다. 하지만 지금의 손윤희 는 그 반대였다. 이 그리운 향수의 한 분자까지 다 뇌로 옮기 고 싶은 것이다.

"허 과장님."

한동안 코박킁을 하던 손윤희가 고개를 들었다. 어느새 변 한 눈빛이었으니 왕년 톱스타의 위엄까지 서려 있었다.

"예, 여사님."

"죄송해요."

"예?"

"저 한 번만 저 학생 말에 따라 볼게요. 허락해 주세요."

"여사님."

이제는 의사가 사색이 된다.

내일 아침으로 예정된 수술이다. 관련 검사까지 다 끝난 상
태였다. 이제 저녁 공복 후에 수술대에 오르면 끝이었다. 그런
데 향수 하나가 일을 망치고 있었다.

강토도 보고만 있지 않았다. 작은아버지라면 해결책이 있
을 것 같았다. 의대의 인맥도 나름 끈적하기 때문이었다.

"작은아버지, 저 강토예요."

복도로 나와 전화를 걸었다.

—아, 전에 말한 그 캐고스미아.

"그런데 문제가 생겼어요. 한 번만 도와주세요."

—어떤?

강토가 상황 설명을 했다. 지금 그 병원에 와 있고 지정의
가 반대하고 있다는 사실도.

—윤강토.

"네?"

—작은아빠가 한 가지만 묻는다. 그날처럼 확신하냐?

"당연하죠. 금방도 확인하고 나왔어요."

—그럼 들어가서 기다려라.

"작은아버지."

—짜샤, 내가 너 믿으니까 너도 나 믿어야지.

작은아버지 전화가 끊겼다.

"아……."

초조함에 몸서리칠 때 상미가 음료수를 내밀었다.

"마셔."

"……."

"마시라고. 땀도 좀 닦고."

티슈까지 내민다.

"휴우."

고맙다는 말도 못 하고 땀을 닦았다.

"의사가 완강하네?"

"그러게."

"잘되면 좋겠는데……."

상미가 웃픈 미소를 지을 때 준서가 뛰어나왔다.

"야, 윤강토."

강토를 부른다. 강토와 상미가 병실로 들어갔다. 의사는 창가에서 누군가와 통화를 하고 있었다.

"예, 예……."

태도가 공손하다.

"선배님이 직접 하시는 프로젝트였습니까? 이미 몇몇 성공 사례도 있다고요?"

의사가 난감한 표정을 짓는다.

"정 그러시면… 기다리겠습니다. 선배님이 간청하시니 제가 어쩌겠습니까?"

의사가 통화를 끊는다. 그리 흔쾌한 표정은 아니었다.

"……."

모두의 시선이 의사에게 집중되었다.

"개를 이용해서 초기 암 환자를 발견하는 프로젝트라… 손 여사님."

"네?"

"전화 건 분이 하필이면 제 의대 2년 선배시군요. 원래 실력이 좋은 분이고 SS병원에서 역점 사업으로 시도하는 초기 암 진단 프로젝트라니 테스트까지는 협조하기로 했습니다. 저녁에 비글을 데리고 오신다니 테스트는 받아 보시고요, 대신 별 진전이 없으면 내일 수술 진행합니다."

"윤강토, 어때?"

의사 말을 들은 손윤희가 강토 생각을 물었다.

"고맙습니다."

강토 목소리가 천둥을 쳤다.

"와우."

구석의 준서와 상미도 주먹을 부딪치며 좋아했다. 작은아버지가 힘을 제대로 쓴 모양이었다.

"어떻게 되는 거야?"

상미는 궁금해 죽겠다는 표정이다. 준서도 크게 다르지 않았다.

강토의 설명이 나왔다. 작은아버지에게 자초지종을 들은 것이다.

작은아버지가 암 센터의 송 과장을 쪼았다. 손을 써 주지 않으면 앞으로 강토를 지원하지 않겠다고 으름장을 놓은 것이다. 박광수 회장의 조기암을 찾아냄으로써 고무되었던 송태섭 과장. 그는 그게 비글이 아니라 강토의 후각인 것을 알고 있었다.

송태섭이 알아보니 마침 K 종합병원 지정의가 자기 후배였다. 그렇게 연결된 사건이었다.

"와아, 강토 작은아버지도 대단하시다."

상미가 감탄을 했다.

"우리 이모 아무래도 감이 좋은데?"

준서도 살짝 고무가 된다. 운명처럼 연결되는 고리가 심상치 않아 보였다.

두 마리의 비글.

7시가 다 되어서 도착했다. 그 차에서 송태섭은 물론이고 작은아버지까지 내렸다. 남의 병원이라 내키지 않았을 텐데도 끝까지 지원을 나온 작은아버지였다.

"친구들이에요."

상미와 준서를 소개했다.

"안녕하세요?"

둘의 인사가 씩씩했다.

"우리 비글보다 더 개코인 윤강토."

송태섭이 강토 어깨를 짚었다.

"감사합니다."

강토의 인사는 그 칭찬에 대한 게 아니라 오늘의 일이었다.

지정의가 수련의를 데리고 나왔다. 송태섭과 악수를 한다.
송태섭이 작은아버지까지 소개를 했다.

"이쪽으로 오시죠."

수련의가 앞장을 섰다. 상담실로 들어가 사전 체크를 했다.
뇌종양 환자의 혈액과 적출물, 간질환자의 혈청과 혈액, 그리
고 수련의의 혈액이었다. 대조를 위해 자원봉사자도 준비를
했다. 비글을 데려다 세 샘플의 냄새를 맡게 했다.

비글은 100점 만점으로 성공을 했다. 뇌종양 환자를 찾아
내고 간질과 수련의의 냄새를 구분한 것이다.

잠시 후에 손윤희가 내려왔다. 냄새 때문에 KF95 마스크를
쓰고 있었다.

"SS 병원 암 진단 과장 송태섭입니다."

송태섭이 손 여사에게 인사를 한다.

"뇌종양으로 인한 캐고스미아가 있으시다고요? 우리 허 과
장에게 얘기 들으셨을 테니 바로 검사 착수합니다."

"예."

손 여사가 답하자 문이 열렸다. 비글 두 마리가 들어왔다.
비글들에게 주어진 건 뇌종양 환자의 혈액이었다.

"페리, 세리. 착하지. 가 봐라."

송태섭이 비글의 엉덩이를 밀었다. 두 강아지의 이름이었다. 강토 눈은 비글에게서 떨어지지 않았다.

"읍."

개가 다가오자 손 여사가 경련을 한다. 비글 냄새도 악취가 되는 모양이었다.

"조금만 참으세요."

강토가 손 여사 손을 잡았다. 순간, 비글들이 탐색 반응을 보였다.

"......?"

강토가 소스라친다. 작은아버지 입에서 한숨이 나온다. 송태섭도 그랬다. 송태섭이 재확인에 들어가지만 비글의 반응은 같았다. 뇌종양 당첨, 그 반응을 보인 것이다.

"더 하시겠습니까?"

허 과장이 송태섭에게 물었다.

"아니, 그만해도 되겠어."

"그래도 신기하기는 하네요. 개의 후각을 이용한 암 진단이 진짜로 가능하다니……."

"미안해. 내가 괜한 욕심에 워라밸을 방해했네?"

"아닙니다. 그 심정 이해합니다."

두 의사가 마무리를 할 때였다. 강토 코에도 이상 반응이 잡혔다. 손 여사로부터였다. 그 손과 가슴팍의 젖은 환자복 부위에서 뇌종양의 냄새가 나는 것이 아닌가?

"이모님."

강토가 손 여사를 불렀다. 지금까지 없던 냄새였다. 그러고 보니 다른 사람의 체취가 강했다.

"혹시… 오면서 누구 만났어요?"

"응? 응."

코를 막고 있던 손 여사가 고개를 끄덕였다.

"누구요? 혹시 뇌종양 환자 아니었어요?"

"맞아. 여기 내려오는데 수술 준비를 하더라고. 나를 알아 보고 옛날에 팬이었다며 내 가슴에 안겨 눈물을 쏟지 뭐야. 어쩌다 이렇게 되었냐고. 똑같은 뇌종양 환자인 데다 내 팬이 라니 차마 내치지 못하고 위로해 주었어."

"작은아버지, 이거예요. 이거 때문에 비글들이 실수를 한 거라고요."

강토가 소리쳤다.

"……?"

"이모, 옷 갈아입고 다른 환자의 체취 닦아 낸 후에 다시 부 탁해요. 한 번만요."

강토 시선이 송태섭에게 향했다. 너무 간절하니 차마 거절 하지 못하는 두 의사였다.

옷 교체와 타인의 체취 제거는 상미와 준서 어머니가 맡았 다. 검증은 강토가 했다. 타인의 체취가 완전하게 지워졌다고 느껴질 때 송태섭에게 사인을 보냈다.

"준비 끝났어요."

송태섭이 허 과장을 바라본다. 그가 끄덕 동의를 표하자 비글들이 출격을 했다.

두 마리의 비글이 손 여사에게 다가온다.

"읍."

손 여사가 다시 입을 막으며 손사래를 친다.

"여사님, 조금만 참아 주세요."

강토는 간절했다. 이게 손 여사에게 주어진 마지막 기회였다.

멍멍.

페리와 셰리가 손 여사 앞에서 코를 벌름거린다. 강토도 같이 냄새를 맡는다. 강토의 후각 레이더에는 걸리지 않았다. 아까 묻은 냄새는 단 한 분자도 남아 있지 않은 것이다.

멍멍.

페리가 먼저 송태섭을 돌아본다. 송태섭과 작은아버지는 눈을 떼지 못한다. 고개를 젓고 있는 사람은 허 과장뿐이었다.

바로 그 순간 페리가 끼잉 꼬리를 사리고 돌아섰다. 셰리의 반응도 마찬가지였다. 암 냄새가 없는 것이다.

"작은아버지."

강토가 작은아버지를 돌아보았다.

송태섭은 한 번 더 비글의 엉덩이를 밀었다. 비글들, 이번에는 손 여사 가까이에 오지도 않고 꼬리부터 사렸다. 검증까지 성공하는 순간이었다.

"보셨죠? 손 여사님은 뇌종양이 아니에요. 아까 그건 다른 뇌종양 환자의 체취가 묻어 와서 개들이 반응한 거라고요."

강토가 폭주한다.

이제는 송태섭이 직접 비글의 목을 끈다. 그러고는 손 여사 앞에 세운다.

멍멍.

비글들은 송태섭을 바라본다. 손 여사가 아니었다.

"네 말이 맞구나."

마침내.

송태섭의 선언이 나왔다.

"으악, 여사님."

강토가 손윤희를 바라본다. 터질 것처럼 벅찬 눈빛이었다.

"아니야? 나 뇌종양 아니야?"

겨우 숨을 돌린 손 여사가 미친 듯이 물었다.

강토와 손 여사, 두 사람의 눈이 송태섭에게 돌아간다.

"허 과장."

송태섭이 돌아섰다. 그런 다음 공식 요청 하나를 묵직하게 던졌다.

"미안하지만 이 환자분 나한테 맡겨 줄 수 있겠나?"

맡겨 줄 수 있겠나?

송태섭의 눈은 거의 확신에 가까웠다.

"선배님……."

"이 자료 좀 보시겠나? 혹시 몰라서 챙겨 왔네."

송태섭이 자료를 넘긴다. 그걸 받아 든 허 과장이 하나하나 넘겨 본다.

"미국의 저명한 약대 레이크이리에서 분양받아 온 비글들이네. 우리 페리와 셰리 부모 세대의 활약상이지."

"……."

"그리고 이건 이제야 밝히네만 특별한 경우의 수가 하나 더 추가되었네."

"특별한 경우의 수라고요?"

허 과장이 송태섭을 바라본다.

"여기 우리 윤강토."

송태섭의 손이 강토를 가리켰다.

"자네 정도 머리면 벌써 파악이 되었겠지. 우리 비글들도 몰랐던 첫 번째 냄새의 정체 말이야. 다른 뇌종양 환자의 눈물을 받아 주고 오는 바람에 딸려 온 냄새… 그걸 우리에게 알려 주지 않았나?"

"……?"

"솔직히 말하면 이 프로젝트를 초기부터 힘을 실어 준 게 우리 강토라네. 후원자 중에 박광수라는 분이 계신데 우리 비글들이 비행 여독이 풀리지 않았는지 그분 폐암을 놓쳤거든. 그걸 잡아 준 게 바로 여기 강토였다네."

"선배님?"

"미래에 최고의 조향사가 될 학생이야. 자네는 모를지 모르지만 조향사들 중에는 후각이 기막힌 사람들이 있어. 이건 강토의 제보였고."

"그런데 왜 제게는?"

"나도 이 프로젝트를 하면서 후각의 위대함을 알았네만, 자네는 어떨까? 우리 강토가 제가 냄새 맡아 보니 이 환자 뇌종양 아니에요, 하고 자네에게 말했다면 말이야."

"……."

허 과장의 안색이 무겁게 변했다. 정곡을 찔린 것이다. 솔직히 그는 그런 것에 관심이 없었다. 강토가 울부짖는다고 해도 받아들였을 리 없었다.

"학생, 조향사가 될 거라고?"

허 과장이 강토 앞으로 다가왔다.

"죄송합니다. 그리고 감사합니다."

"내가 할 말을 정확하게 해 주는군. 아직 재진단이 나온 건 아니지만 미안하네. 그리고 고맙네."

"……."

"그리고 손 여사님."

"네, 과장님."

"역시 죄송합니다."

허 과장이 고개를 숙였다.

"아니에요, 괜히 과장님 힘들게 해서 제가 죄송하죠."

"아닙니다. 자칫하면 무능한 저 때문에 평생 냄새를 맡지 못할 뻔하셨습니다. 만약 뇌종양이 아니면, 그래서 치료에 성공하면 저를 찾아오셔서 혼내 주시기 바랍니다."

"허 과장님……."

"선배님."

허 과장이 송태섭에게 돌아섰다.

"퇴원 조치 하도록 하겠습니다. 우리 손 여사님, 꼭 완치해 주셔서 다시 연기의 세계로 돌아가게 해 주시기 바랍니다."

"고맙네."

송태섭이 웃었다. 옆의 작은아버지도 그제야 긴장이 풀린다.

"손 여사님."

강토도 눈시울이 뜨거워진다. 손윤희의 손이 말없이 다가와 강토 손을 쓰다듬는다. 말은 필요 없었다. 순간적으로 변한 그녀의 체취에서 감정을 읽는다.

무한 신뢰와 깊은 고마움.

손윤희의 손을 통해 건너온 마음이었다.

"윤강토."

"강토야."

사연을 알게 된 준서와 상미가 강토를 덮쳤다. 두 사람의 네 손이 강토의 어깨며 등짝을 난타해 댔다.

"아프잖아?"

"아픈 게 대수냐? 으아, 이 귀여운 자식."

준서는 난타를 멈추지 않았다. 애정스러운 테러에서 벗어날 때 공현아의 눈빛과 마주쳤다. 그녀가 싱그러운 수선화처럼 웃었다. 이 흥분의 도가니 속에서도 또렷하게 각인되는 그녀의 체취. 아스라한 기시감… 뜻밖의 감정이 강토를 긴장하게 만들었다.

이 체취…….

전에도 있었던가?

그랬겠지.

그러나 그때는 손윤희에 대한 긴장감 때문에 지나쳤던 모양이었다.

"고마워요."

그녀가 한 말은 한마디였다. 뭐라고 대꾸하려 할 때 손윤희의 여동생과 준서 어머니가 다가왔다.

"학생……."

"고마워요."

두 여자도 목이 멘다.

"아직은요, SS병원에서 뇌종양 아니라는 것도 밝혀지고 캐고스미아도 치료가 되었으면 좋겠습니다."

강토가 답했다. 이제 겨우 한고비를 넘었다. 뇌종양이 오진으로 나오고 악취에서 벗어나지 않는 한 오늘 쾌거에 의미를 부여하긴 일렀다.

손윤희는 SS병원으로 이송이 되었다. 허 과장으로서는 쉽지 않은 결정이었다. 손 여사는 이송되는 침대에서 강토 손을 잡았다. 강토는 그 손에 향수를 쥐여 주었다. 그 향수의 주인은 그녀니까.

멍멍.

차에 오르기 전, 페리와 셰리가 강토에게 다가왔다. 강토의 체취를 기억하는 것이다. 어쩌면 자기들보다 뛰어난 후각에 대한 순종일 수도 있었다.

"고마워."

강토가 두 비글의 목을 쓰다듬었다.

"나도."

상미도 끼어든다. 그녀의 마음 역시 진심이었다.

"우리 한잔해야지? 쏠 사람도 수배해 놨다."

준서가 강토 어깨를 짚었다.

"다인이 부를까?"

상미가 묻는다.

"당연히 그래야지. 내가 벌써 카톡 때려 놨지. 거의 다 왔을 테니까. 가자."

준서가 앞장을 섰다.

"오빠."

상점가에서 상미 눈이 휘둥그레졌다. 평범한 술집이 아니라 멋진 와인 바였다.

"여기 가려고?"

상미가 준서를 돌아본다.

"응."

"비쌀 텐데?"

"쏠 사람 수배되었다니까."

준서가 강토와 상미 등을 밀었다.

"……!"

예약석으로 다가선 강토가 촉각을 세웠다. 그녀였다. 공현 아… 그녀가 먼저 와 있었다. 주저하는 사이에 다인도 도착했다. 인사와 더불어 어수선해지니 그냥 앉을 수밖에 없었다.

"실은 우리 현아가 쏘고 싶다고 해서……."

그녀 곁에 앉은 준서가 사연을 밝힌다.

"의사도 묻지 않고 죄송해요. 준서 오빠 말이 다 이해하실 분들이라고 해서요. 강토 씨, 정말 고마워요. 이모 향수 말이에요."

"네……."

"뇌종양도 잘될 거 같네요. 제가 기분이 너무 좋아서 실례를 범하고 있으니 다들 이해해 주세요."

현아의 시선이 옴니스 스터디에게 돌아갔다. 상미와 다인은 그저 미소로 답할 뿐이었다.

"야, 사설 그만하고 기왕 쏠 거면 일단 먹자. 긴장이 풀려서 그런지 위장에 파도가 친다."

준서가 현아를 재촉한다.

"그럼 오빠가 알아서 시켜. 총알은 빵빵하니까 걱정하지 말고."

현아는 두 개의 카드로 응답했다.

"아, 이러면 마구 먹어 줘야 할 분위기이긴 한데 미안해서……"

상미가 넉살로 답한다.

"괜찮아요. 그리고 세 분 다 저보다 한 살 많다던데 반말하셔도 돼요."

"정말요? 그래도 그쪽은 스타잖아요?"

"스타 아니에요. 스타가 되고 싶은 사람이죠."

"어머, 저 겸손……"

"강토 오빠는 뭐 마실래요? 이모하고 우리 엄마, 심지어는 준서 오빠 어머니까지 오빠 잘 챙기라고 엄포를 놓으셨어요. 인증 샷 보내야 하니까 많이 시켜 주세요."

"저야 뭐 잡식성이라서요……"

"반말해도 된다니까요."

"아, 그럼 뭐… 아무거나… 솔직히 와인은 전통 와인만 마셔봐서 안주로 뭘 시켜야 할지도 모르겠고……."

"전통 와인요?"

"막걸리. 우리 할아버지가 마니아셔서……."

"와인도 별거 아니에요. 저도 잘 모르고요. 아, 그런데 여기 독특한 와인이 있기는 해요."

"독특한 와인?"

상미와 다인이 관심을 보인다.

"저기 보세요. 향수 바라고 써 있잖아요?"

현아가 바를 가리켰다.

「향수 바」.

"어머, 저거 이탈리아 같은 데 있다고 들었는데?"

다인의 눈이 휘둥그레졌다.

"여기가 얼마 전에 오픈한 곳이에요. 우리 감독님 추천으로 저도 한 번 와 봤거든요. 그때는 생소해서 시도해 보지 못했는데 오늘은 전문 조향사님들과 왔으니 시도하고 싶네요."

"아핫, 전문 조향사까지는……."

다인이 손사래를 치자,

"우리 말고 강토 말이잖아."

상미가 팩트를 상기시켰다.

"맞아. 강토라면 가능할 거야. 야, 그런데 아까 그 향 어땠어? 네가 시향 도왔다며? 궁금해 죽겠어."

다인이 상미를 다그친다.

"야아."

상미가 울상을 지었다. 후맹에 가까운 그녀다. 강토를 돕기는 했지만 설명할 재주는 없었다. 그저 좋다는 느낌 외에는……

그러자 강토가 블로터를 꺼내 주었다. 병원에서 사용했던 것의 하나였다.

"와아……."

다인이 바로 늘어진다.

"아, 씨."

상미가 그걸 낚아채 코박킁을 시전한다. 장미 향에 제비꽃 향까지 느껴지기는 하지만 간신히라는 게 알맞을 정도로 약했다. 울먹이고 싶을 때 현아가 손을 내밀었다.

"저도 시향 할 수 있을까요?"

블로터가 그녀에게 넘어갔다.

"강토 오빠."

'오빠?'

돌연한 호명에 강토가 경직된다.

"향수 시향 말이에요, 어떻게 하는 게 좋은 거죠? 향수는 어려운 거 같아요. 시트러스가 어떻고 플로럴이 어떻고……."

"아, 시향은 말이죠."

다인이 나설 때 상미가 옆구리를 찔렀다.

"강토 말이잖아."

아까와 똑같은 견제구였다.

"시향은 말이지……."

숨을 고른 강토가 설명을 시작했다.

"향수는 대개 첫인상으로 선택을 하잖아? 그러다 보니까 시
향이라는 걸 하게 되는 거고. 향수 선택의 첫 원칙은 마음일
거 같아. 이 향이 내 마음을 여는가, 마는가? 그러자면 향수
에 들어간 냄새 분자들을 코가 파악하기 쉽게 쫙 펼쳐야 하니
까 블로터를 두세 번 흔들어 주는 게 좋아. 그러면 블로터에
묻은 냄새 분자들이 흩어지잖아? 그때 코에 가깝게 가져가면
향수의 주제가 되는 하트노트의 매력을 알 수 있을 거야."

"이렇게요?"

현아가 따라 한다.

"와아."

그녀가 눈을 감는다. 강토가 만든 향의 세계를 만난 것이
다. 그런데 그 표정이 굉장히 잘 어울려 보였다. 그녀의 체취
때문이었다. 수선화에 제비꽃 냄새가 나는 것 같은 그녀. 오
늘 만든 향수의 주제와 어울리니 마치 그녀를 위한 시그니처
처럼 보이는 것이다.

"이 향 너무 좋아요. 저도 한 병 부탁하면 안 돼요?"

뜻밖에도 그녀의 오더가 나왔다.

"나도."

"나도."

상미와 다인도 덩달아 끼어든다.

"야, 강토 피곤하게……."

준서가 정리에 나서지만 세 여자의 기대는 강토에게 꽂혀 버린 후였다.

"음… 제비꽃 에센스가 되려나 모르겠네? 베티베르와 오크 모스, 알데히드 등은 구입하면 될 것 같기는 한데?"

"부탁해요."

현아가 재차 요청해 온다. 비싼 칵테일을 쏜다니 허락해 버리고 말았다.

"주문하시죠."

웨이터가 오더를 받으러 왔다. 순간 모두의 시선이 다시 강토에게 쏠렸다.

향수 바의 향수 칵테일 주문.

절대 위임.

강토에게 부여된 특권이었다.

첫 잔은 재스민과 바질 칵테일로 시작했다.

찰칵찰칵.

일단은 인증 샷이 먼저 시음(?)을 하시고.

"맛있다."

맛을 본 다인이 일 순위로 자지러졌다.

"진짜 좋다."

상미 평도 바로 나온다. 후각은 달리지만 미각까지 꽝인 건
아니기 때문이었다.

"어때?"

강토가 현아 감상을 물었다.

"놀랍네요. 긴장이 쫙 풀리는 거 같아요."

두 번째 잔은 아몬드 향과 장미 향을 주문했다.

"대박. 그렇지?"

"응, 기분이 업글업글업글, 마구마구 좋아지는 거 같아."

다인과 상미 감정이 날아오른다. 현아의 반응도 비슷하게
나왔다. 아몬드 향은 사람의 기분을 업그레이드시킨다. 장미
는 당연히 열정에 관여한다.

세 번째는 앰버와 민트의 결합이었다. 분위기를 끌어올리는
한편으로 산뜻한 입가심까지 고려하는 매칭이었다.

"어떻게 한 거죠? 하나하나 기막힌 선택이에요. 마치 저절
로 이끌려 간다고 할까요?"

잔을 비운 현아가 강토를 바라보았다.

"그냥 조향 원칙을 응용한 거야. 처음 마신 건 톱노트에 주
로 쓰는 기분 전환용 향들이고 두 번째는 하트노트로 많이
쓰는 향들. 그걸로 분위기를 업시킨 후에 마무리로 베이스노
트에 쓰는 앰버를 동원해 쐐기를 박은 거지. 민트는 한 바퀴
를 더 돌 때를 가정한 입가심이었고."

"와아, 향수가 이렇게도 쓰이는 거군요? 제가 여러분 모시

는 게 아니라 저 스스로를 모시는 기분이에요."

"아무려면 어때? 다시 한판?"

다인이 빈 잔을 들어 보였다.

"당연하지."

상미가 그 콜을 받는다.

두 번째 라운드가 시작될 때였다. 강토 핸드폰 화면이 밝아졌다. 작은아버지였다.

"작은아버지."

—어디냐?

"아직 밖에 있어요."

—방금 1차 검사 결과 나왔다.

"예? 정말요?"

—뇌 정밀 촬영 결과가 나왔는데 저쪽에서 미세선종으로 판단한 부위는 선천적인 흔적으로 밝혀졌고 MRI와 뇌파검사를 병행한 결과 뇌전증으로 판정되었어.

"간질 말이죠?"

—그래.

"그럼 어떻게 되는 거죠?"

—뇌신경 팀의 진단 결과로는 신경 반응의 문제 같다고 해. 이 문제는 저번에 집에서 설명한 적 있었지? 뇌로 냄새 분자를 전달하는 후각망울의 문제.

"치료는 가능한가요?"

—우리 뇌신경 팀 말로는 말이야, 진단이 제대로 적중한다면…….

"……."

—항경련제 투여만으로도 호전될 거라고 하네? 즉, 크게 어려운 치료가 아니라는 거지.

"으악, 작은아버지, 고맙습니다."

강토가 소리치자 모두의 이목이 쏠렸다.

—고마운 건 나다. 네 덕분에 내 주가가 팍팍 뛰고 있잖니?

"그럼 손 여사님 꼭 완치시켜서 내보내 주세요."

—그래야지. 아니면 우리 강토랑 원수질 거 같은데?

"아마 그럴 거예요."

—그럼 이만 끊자. 나는 마무리할 게 있어서.

작은아버지 얼굴이 액정에서 사라졌다.

"잘됐대?"

통화를 엿들은 네 사람이 촉각을 세웠다.

"뇌종양 NO, 캐고스미아 치료 YES. 이모님 뇌종양 아니고 악취병도 치료 가능하대."

"으아악!"

강토의 선언에 테이블이 뒤집어졌다. 웨이터가 주의를 주지만 그런 경고 따위로 사라질 감격이 아니었다.

"강토 오빠, 이런 기분에 어울리는 향은 뭐죠?"

차분하던 현아 목소리마저 올라갔다.

"바텐더님, 혹시 알데히드와 샌들우드도 있나요?"

"가능합니다."

30대 후반의 여자 바텐더가 답했다.

"그럼 우리 두 번째 마신 칵테일에 레몬까지 추가해서 제조해 주세요."

"혹시 조향 현업 종사자세요?"

"아뇨, 아직 학생입니다."

강토가 답했다.

"탁월한 선택이네요. 알데히드와 샌들우드… 레몬까지 들어가면 톱노트부터 베이스노트까지 완비하는 구성이기도 하잖아요? 지금 그 테이블 분위기에 달콤한 분위기를 더욱 것 같네요."

바텐더도 인정이었다.

찰칵.

다시 카메라가 열일을 마치자.

챙.

새 칵테일이 허공에서 부딪쳤다. 잔 위로 레몬 향이 살짝 풍기나 싶더니 아몬드와 장미의 달달한 유혹이 피어오른다. 알데히드와 샌들우드가 달콤한 힘을 더해 주니 향에 홀려 감히 마시지를 못한다.

"나 이거 차마 못 마시겠어. 그냥 집에 가져가서 두고두고 볼래."

다인인 결국 잔을 내려놓았다.

"솔직히 저도……."

현아도 웃는다.

"아, 얘들이 진짜, 빨리 마시고 또 시키면 되잖아?"

보다 못한 준서의 강제 집행력이 발동되었다.

제8장

—

반전의 매력

"방 시인님."

아침 시간, 학교로 향하던 강토가 방영순 집 대문을 두드렸다.

"어, 향수 박사님."

"저 아직 학생인데요."

"향수 잘 알면 박사지, 그게 중요해? 제비꽃 향수는 성공했어?"

"네, 덕분에 다 잘되었어요."

강토 얼굴이 밝아진 건 손윤희의 확정 진단 때문이었다.

[뇌전증].

정식 진단이 나온 것이다. 덕분에 후각신경 절제술은 안드로메다로 날려 버리고 퇴원을 했다. 항경련약의 투약만으로도 치료가 가능하다는 답이 나왔다. 작은아버지가 전해 준 소식이었다.

"역시 향수 박사님."

"이거요."

강토가 향수 두 병을 내밀었다.

"와아, 내 몫이야?"

방 시인이 아이처럼 웃었다.

"한 병은 여사님 거고요, 또 한 병은 한남동 동 시인님 몫이에요. 덕분에 한 사람을 구했습니다."

"우리 덕분이 아니고 향수 박사님 집념 때문이지. 이번 기회에 나도 향수에 대해 다시 생각하게 되었어."

"그 향수는 냉장고에 넣어 두었다가 몇 달 후에 사용하세요. 급하면 한 달 후부터 써도 되는데 한 반년 묵히면 굉장히 좋아질 거예요."

"아휴, 그건 고문이네? 난 지금 당장 시향 하고 싶은데?"

"시향 하시는 건 상관없어요. 다만 알코올이 숙성되어야 향이 제대로 나오거든요."

"오호라, 매실청처럼?"

"맞아요."

"또 필요한 꽃 없어? 있으면 내가 사다라도 길러 줄게."

"정말요?"

"그럼. 나 이제부터 우리 향수 박사님 팬이야."

"가능하면 수선화요. 인동덩굴도 될까요?"

"안 되면 되게 해야지. 내가 좋은 걸로 구해 볼게."

"감사합니다."

인사를 남긴 강토가 멀어졌다.

"아휴, 이거 발효가 필요하다니 향수에 부채질을 할 수도 없고."

향수를 받아 든 방 시인 가슴에는 조바심만 더해지고 있었다.

수선화와 인동덩굴.

그건 공현아의 오더 때문에 나온 말이었다. 에센스를 구하는 건 문제가 없었다. 하지만 그 또한 천연 향 쪽으로 끌린다. 천연 향만을 고집할 필요는 없지만 블랑쉬와 잘 어울리기 때문이었다.

'어?'

지하철에서 뉴스 검색을 하다가 화면 터치를 멈췄다. 아침에 올라온 기사를 불러낸다. 손윤희에 대한 것이었다.

「희귀 불치병으로 투병 중이던 톱스타 손윤희, 악취병의 원인을 찾다」

「후각신경 제거 직전에 찾아온 기적」

「손윤희 완치 후 컴백 가능성」

제목들이 강토 눈을 차고 들어온다. 병원을 찾아왔던 기자들이 SS병원까지 간 모양이었다. 이미 알고 있는 내용이지만 기분 좋은 기사가 아닐 수 없었다.

라파엘의 연구소 앞에서 걸음을 멈췄다.

라파엘은 아직 출근 전이었다. 강토네 실습에 앞서 2학년들의 강의가 있는 날이니 곧 올 것 같았다. 예상은 맞았다. 10분쯤 지나자 라파엘이 등장했다.

"윤강토."

"안녕하세요?"

"나 기다린 건가?"

"네, 교수님."

"어제 일은 어떻게 되었나? 표정을 보니 잘된 거 같긴 한데?"

"맞습니다. 그분이 제 향을 인정해 주었어요. 그 향수하고 똑같다고요."

강토가 답했다.

"대단해."

"교수님 덕분입니다. 덕분에 손 여사님은 후각신경을 절제하지 않아도 되고 캐고스미아의 원인도 밝혀져서 약물 치료로 치료 가능하다는 새 진단을 받았답니다."

"엄청나군. 향수 하나로……"

"감사하다는 말씀 전하러 왔습니다. 그럼 이따 실습시간에

뵙겠습니다."

"그래."

라파엘이 웃었다. 그의 시선은 시원하게 멀어지는 강토에게 정답게 꽂혀 있다.

Disaster rolls over and becomes blessing.

영어 속담 하나를 떠올렸다. 재앙은 돌고 돌아 축복이 된다는 뜻이다. 강토가 딱 그랬다. 후맹에 가까운 상황에 신의 축복이 떨어졌다. 포기하지 않으니 기회가 온 것이다.

게다가……

다시 생각해도 고개가 저어진다. 그냥 축복이 아니다. 이건 한마디로 벼락같은 축복이었다.

"강토야."

조향 강의실에 들어서자 준서가 두 손을 흔든다. 상미와 다인도 옆 책상이었다.

"얘기 들었지?"

"이모님?"

"그래. 뉴스에도 나왔어. 봤냐?"

"인터넷으로."

"으아, 우리 엄마 좋아서 죽으려 그러시더라. 입만 열면 네 칭찬이야."

"그러니까 형도 나한테 잘해."

"그럴 줄 알고 자진 납세다."

준서가 상자를 내밀었다.

"초콜릿?"

"무슨 향인지도 알지?"

"혹시 어젯밤 그 라스트 칵테일?"

"어우, 이 후각 귀신."

준서가 강토 팔뚝을 후려쳤다.

"어떠냐?"

하나를 까서 먹이며 맛을 묻는다.

"공부하기 싫어지는데?"

강토가 엄살을 부리자 상미와 다인도 기습 시식에 돌입했다.

"진짜네? 우리 자체 휴강 할래?"

다인의 눈이 풀어진다.

"아서. 그럼 나는 자동으로 언더더씨야."

"강토한테 족보 좀 구하면 되지."

"야, 내가 무슨 족보 유발자냐?"

듣고 있던 강토가 선을 그었다.

"하긴 그래도 5월 이후로 강토 후각이 뚫리는 바람에 상미 너 언더더씨 걱정은 안 해도 될 것 같다. 그때부터는 선방이잖아?"

"하지만 상대가 이창길 교수라는 말씀."

"으음, 나도 그게 좀 켕기긴 해."

이런저런 말이 오갈 때 이창길이 들어왔다. 10분이나 늦었지만 역시나 유감 표시 같은 건 없다. 닥치고 조향 강의가 시작된다.

「향수와 음악」.

보드에 챕터의 이름이 적힌다. 이 교수로서는 지난 강의에 연결되는 단원이자 1학기의 마지막을 장식하는 시간이었다.

"향수의 노트와 어코드는 그 기원이 음악이라는 것쯤은 다들 알 테고……."

이 교수가 강의를 시작한다.

"흔히 에스테르는 모차르트, 퀴놀린은 베토벤에 비유한다. 브랜드 향수 중에서 장중한 베토벤을 연상시키는 향수가 뭐라고 했지?"

"방디."

강토가 입을 열 때 남경수의 입도 동시에 열렸다. 신경이 쓰이는지 남경수가 강토를 돌아보았다. 강토는 찡긋 윙크로 답을 해 주었다.

"그럼 브람스는?"

"미츠코."

이번에도 강토가 반마디쯤 빨랐다. 그러자 남경수의 짜증이 이 교수에게로 전이되었다.

"윤강토."

"네?"

"예습을 했나?"

"교수님 지론 아니십니까?"

"그럼 조향 요소에 대해 음악적으로 설명해 봐."

"이해하기 쉽게 다장조로 갑니다."

"……."

강토가 일어서자 학생들의 시선이 집중되었다.

"다장조 음악은 도미솔로 시작해서 도미솔로 끝나죠. 이 장조에서는 가장 중요한 화음들인데 향수로 치면 베이스의 역할입니다. 여기서의 베이스는 기조제로서 '베이스노트'와는 개념이 다릅니다. 따라서 조합 향수의 절반까지 차지하기도 합니다."

첫 설명 속에서 경수와 은비의 시선이 따갑다. 신경 쓰지 않았다.

"기조제는 휘발성이 낮은 노트로 재스민과 로즈 등이 다용됩니다."

크흠.

이 교수의 헛기침이 불편하다. 강토가 잘하고 있다는 뜻이었다.

"다음은 보류제입니다. 음악에서는 여운으로 활용이 되니 여기서는 5도 세븐입니다. 휘발성이 낮아 향이 오래가는 베이스노트들이 비교됩니다. 샌들우드와 파출리 등이 있으며 우아하게를 뜻하는 그라지오소처럼 향수의 잔향을 끌어올려 음악에서의 여운 같은 작용을 한다고 할까요?"

"……."

"이제 변조제 차례네요. 음악으로 치면 인상적으로 꽂아 주는 부분이 필요한데 그런 역할을 맡습니다. 진저나 허브, 스파이시 등이 애용되는데 잘 사용하면 멋진 포인트가 되지만 자칫 어코드를 폭발시킬 수도 있으니 굉장한 내공이 요구됩니다. 마르카토, 분명하게의 역할이겠죠. 전공서에는 15% 이내로 사용할 것을 권장하네요."

"……."

"마지막으로 조화제입니다. 음악으로 치면 튀는 음을 잡아 주는 역할이니 향수에서도 멋대로 튀는 원료를 얌전하게 만들거나 독특한 향을 추구할 때 유용하죠. 음을 잘 유지하여, 소스테누토가 어울리네요. 베르가모트나 은방울꽃 등이 대표 노트로 꼽힙니다. 이상입니다."

"하나가 빠졌을 텐데?"

이 교수가 딴죽을 걸었다.

"산화방지제 말씀이군요. 벤젠과 크실렌, 프탈레이트, 톨루엔… 그 설명은 아무래도 교수님이 하셔야 할 거 같아서요."

강토가 답했다.

"……."

침묵, 이 교수의 반응은 침묵이었다. 하지만 그걸 깨는 박수가 나왔다. 준서였다. 상미와 다인이 가세하니 몇몇 학생들이 공감의 박수를 날려 주었다.

산화방지제.

강토가 모르는 건 아니었다. 이론 공부는 교재의 끝까지 달린 강토였다. 후각이 꽝이니 이론으로라도 보충하려는 의지였다. 그러나 유화제나 산화방지제 같은 건 별로 마음에 들지 않았다. 합성향료 중에도 유익하지 않은 향들이 많다. 유화제와 산화방지제는 말할 것도 없다. 환경의학 쪽에서는 독성물질로 부르기도 하는 까닭이었다.

「톨루엔, 벤젠, 크실렌…….」

이 교수가 애용되는 산화방지제 목록을 보드에 적는다. 목적과 장점에 대한 설명도 나온다. 주로 기능적 설명 쪽이었다.

"오늘은 여기까지."

강의는 그렇게 끝났다.

"지난 실습 때 인턴 고지는 했었지?"

"네."

앞쪽의 F5가 합창을 한다.

"다시 말하는데 학교 명예 실추시키지 않도록 최선을 다하고."

"예."

"그리고 오늘이 1학기 마지막 강의니까 조향장학금 발표가 있을 거다. 학과 홈피 게시판에서 확인하도록."

이 교수가 강의실을 나갔다.

조향장학금은 국내 조향 관련 회사들이 지난해부터 지원하는 장학금이다. 학기당 100만 원씩 3명이 수혜를 받는다. 단골은 남경수다. 그는 세 번 지급 중에서 두 번의 수혜를 받았다. 선정 방식은 순전히 이창길 교수 마음대로다. 자기가 개척한 장학금이기 때문이다. 우병승 교수도 같이 심사한다지만 형식에 불과했다. 이창길의 추천으로 교수가 된 우병승이었으니 들러리에 불과했다.

"옴마야."

혹시나 검색하던 강은비가 비명을 질렀다.

"오빠, 나 조향장학금 당첨. 오빠도 당첨이야."

예상대로 남경수와 강은비가 수혜자가 되었다. 마지막 한 명은 퍼퓸펜타의 김승애다. 이창길이 편애하는 순으로의 결정이었다.

"헐, 개사기네."

준서가 중얼거렸다.

"뭐라고요?"

강은비가 칼 각을 세운다.

"산화방지제 말이야, 독성물질로 보는 견해도 있다던데 그건 말씀을 안 하시네."

준서가 변죽을 울렸다. 강토에게 들은 정보를 유용하게 써먹는 것이다.

"그럼 형이 교수 하지 그래요."

남경수가 강은비를 지원한다.

"뭐라냐?"

"형."

강토가 초콜릿 하나를 준서 입에 물려 준다. 기분이 업되니 준서가 웃어넘겼다.

"아오, 저 왕재수들……."

남경수와 은비가 나가자 다인도 폭발했다.

"하루 이틀도 아닌데 뭐? 다 짐작하던 일 아니야?"

"그래도 그렇지. 짜고 치는 고스톱도 아니고 뭐야? 자기 마음에 드는 사람만 주고."

그 입에도 준서의 초콜릿을 물려 주었다.

"내가 주는 장학금."

강토가 웃자 다인도 쳇 하고 웃어 버렸다. 이제는 스터디의 분위기도 알뜰하게 챙기는 강토였다.

실습실 문이 열렸다. 언제나처럼 스터디별로 테이블에 앉았다.

라파엘은 정시 입장이었다.

그가 준비한 병은 네 개였다. 세 개는 에센스고 마지막 하나는 그것으로 만든 향수. 향수병의 이름은 흰 테이프로 가려져 있었다.

"어느새 1학기의 마지막이군요."

라파엘이 운을 떼었다.

"네에."

학생들이 답한다.

"하고 싶은 실습은 많은데 시간은 흘러만 갑니다. 아쉽네요."

"……"

"그동안 어려운 향 실습을 많이 했으니 오늘 실습은 기본 중심으로 심플한 플로럴로만 준비했습니다. 하지만 너무 심플하면 무슨 의도가 있나 하고 어려워하던데 복선이나 함정 같은 거 없으니 편안하게 도전하세요."

꿀꺽.

스터디들이 긴장을 푼다.

"샘플 향수입니다. 스터디별로 시향 하고 제조에 들어갑니다. 에센스는 이 앞에 준비된 세 가지가 전부입니다. 오늘 이창길 교수님 이론 시간을 보니 기조제, 변조제, 조화제 등을 배우더군요. 시약 선반은 개방되었으니 알아서 판단하시기 바랍니다. 평가는 오직 하나, 샘플 향수의 재현이니 뭘 넣고 안 넣고도 여러분의 자유입니다."

역시 라파엘 교수님. 한국말은 무뎌도 성격은 사이다다.

여기저기 스터디에서 감탄이 나온다. 다른 교수의 시간표까지 꿰고서 실습을 돕는 위엄이었다.

"아, 그리고 이 교수님이 오늘 조향장학생 발표했더군요. 그래서 저도 좋은 소식 하나를 전해 드립니다. 오늘 실습 끝나면 저도 향수장학금 스터디를 발표합니다. 기대하시기 바랍니다."

희소식까지 전한다.

"와아."

스터디들에서 소란이 흘러나왔다. '라파엘 장학금'은 무려 1,000만 원이다. 지금까지 수혜 스터디는 단 두 팀.

게다가 1회 차가 F5였고 2회 차가 우비강이었다. 이 장학금에는 편견이나 옵션이 없었다. 받은 스터디가 또 받을 수도 있고 노력파에게 돌아가기도 한다. 그렇기에 기상천외 향수 만들기 실습에서 신생아의 첫 옹아를 향수로 만들어 '원초적 향수'로 명명한 우비강조차도 수혜를 받았다. 그들은 강토네 옴니스 못지않게 뒤쪽 서열이었다. 당연히 모두가 고무될 수밖에 없었다.

―어떤 스터디가 탈까?

"실습 시작하세요."

학생들의 술렁임과는 상관없이 라파엘의 실습 개시 선언이 떨어졌다.

＊　　　＊　　　＊

흐읍, 하아.

흠흠, 흐음.

후각이 열일에 들어간다. 블로터를 받아 든 스터디들은 오늘도 사생결단이었다. 겉멋을 부리는 F5의 남경수와 강은비를 시작으로 코박큥을 시전하는 스터디까지, 풍경도 다양했다.

"자."

강토가 블로터를 넘겼다. 스타트는 다인이 끊었다.

"흐음."

몇 번인가 감상을 하고 준서에게 넘긴다. 준서는 상미에게 선공을 양보한다. 상미의 도전은 오늘도 눈물겹다. 거의 필사적이지만 답에 접근하지 못하는 것이다.

"아, 씨. 교수님."

상미가 손을 든다. 새로운 시향을 원하는 것이다. 상미 후각이 나쁜 걸 아는 라파엘. 엷은 미소로 새것을 허락했다.

"아, 진짜… 내 코에는 왜 소주 냄새만 가득한 거야? 인턴 가게 되어서 잠도 안 자고 연습 중인데……."

결국 털썩 주저앉고 마는 상미.

"나왔어?"

강토가 다인을 바라보았다.

"재스민, 수선화, 그런데 마지막으로 달달한 이 향이 헷갈리네? 복숭아? 치자? 라일락? 미모사? 아카시아꽃?"

"미모사는 아카시아랑 같은 과잖아? 형은?"

"음… 라일락? 미모사?"

"상미?"

"……."

"다시."

강토가 블로터를 돌렸다. 양 볼에 바람을 잔뜩 머금던 다인이 재도전을 시도한다.

"라일락 같은데……."

"나는 등나무꽃?"

"……."

준서 답이 바뀌어 나왔다.

"준서 형이 맞았어."

강토가 말했다.

"정말?"

다인이 다시 블로터를 잡는다.

"그러고 보니 그런 것도 같고……."

"등나무꽃?"

우비강의 김희애와 프란시스의 오소영이 커닝을 한다.

"응, 등나무꽃."

"와아, 맞다. 나 시골 할머니 집에서 이 냄새 맡은 기억이 나. 봄에 피는 보라색 꽃."

김희애가 반색을 한다. 향 리딩은 어렵다. 코끝에 맴돌면서 사람을 미치게 만든다. 어디선가 맡은 것 같은데 그게 뭔지 떠오르지 않는다. 그렇게 가물거리면 돌아가실 것만 같다. 그러다 이렇게 정답을 얻으면 진리를 깨우친 듯 기분이 좋아지는 것이다.

「재스민」, 「수선화」, 「등나무꽃」.

향 분자 분석은 끝났다. 다른 스터디들도 그랬다. 하지만 끝이 아니다. 셋 다 플로럴이다. 베이스노트에 다용되는 우디나 모시, 발사믹 등이 없으니 이들 중 하나를 베이스노트로 써야 했다. 즉, 톱노트와 하트노트, 베이스노트의 줄을 세우고 첨가 비율을 정해야 하는 것이다.

멤버들이 강토를 바라본다. 시선에는 신뢰와 기대가 가득했다.

"상미, 시향 소감."

강토가 상미를 바라보았다.

"재스민에 수선화 등나무꽃……."

상미 코에 두 개의 블로터가 박혔다. 코박큥의 진수를 펼치고 있으니 다른 스터디들이 쿡 하고 웃는다. 라파엘도 예외는 아니다. 조향사의 기본 자세가 아니지만 그녀의 사정을 아는 까닭에 나무라지 않았다.

"수선화 가득 핀 물가에 재스민 향이 흐르고 등나무꽃까지 활짝 피면… 봄이네, 봄. 햇살까지 유리알처럼 찰랑거리면 너무 자유롭고 행복해서 아지랑이 타고 날아갈 것 같을 거야."

상미의 언어유회가 날개를 편다.

"들었어?"

강토가 다인과 준서를 바라보았다.

"그거야?"

"응. 이 향… 너무 화창하고 싱그럽잖아? 어디로든 날아가고 싶을 정도로. 상미 표현이 딱이야."

"진짜?"

"그러면서도 안정감이 느껴지지? 그런 조성이라면 재스민이 베이스노트로 나와야 해. 수선화야 빼박 톱노트니까 답 나오지?"

"등나무꽃은 미들 노트 당첨?"

"오케이."

"비율은?"

"향을 보자면 재스민이 강하고 안정적이야. 그렇다면 재스민이 중심이겠지. 절반 정도 넣고 수선화와 등나무꽃 비율을 각각 다르게 배합해 보자."

"알았어."

"강토 오빠, 우리도 커닝 좀 해도 돼?"

우비강의 희애가 고개를 들이민다.

"그럼, 대신 저작권료 내라."

"알았어. 커피 한잔 쏠게."

희애가 웃는다.

다인 「수선화 7 : 등나무꽃 3」.

준서 「수선화 2 : 등나무꽃 8」.

상미「수선화 4 : 등나무꽃 6」.

멤버들의 선택이었다. 미리 정해진 재스민이 들어가는 것으로 조향이 끝났다.

"흐음."

조향을 끝낸 멤버들이 시향에 들어간다.

"우와."

그들 눈이 꽂힌 건 상미의 작품이었다.

"거의 비슷해."

다인의 입이 쩌억 벌어졌다.

"그렇네?"

준서도 동의한다. 최종 확인은 강토가 맡았다. 방금 만든 것이라 톡 쏘는 향이 있지만 자세히 감상하면 샘플과 거의 유사했다.

"으음, 화창한 봄날이 아른거리는 거 같은데?"

"진짜?"

상미가 좋아 어쩔 줄을 모른다.

"하지만 달콤한 향이 조금 부족한 듯?"

강토가 슬쩍 의견을 냈다.

"그럼 등나무꽃 에센스를 조금 더 넣을까?"

상미의 열의가 불탄다.

「수선화 3에 등나무꽃 7」.

약간의 변화를 준 향수가 나왔다.

"우왓, 이제 거의 똑같아."

다인과 준서가 엄지척을 세웠다.

"우리도 성공이야."

뒤의 우비강 멤버들도 감격에 젖는다. 돌아보니 아직 끝나지 않은 스터디가 두 팀이나 되었다. 종강 실습시간의 반전이었다. 꼴찌 두 팀이 먼저 조향을 끝낸 것이다.

"저것들……."

강토네와 비슷하게 실습을 마친 남경수가 냉소를 머금는다. 강토는 신경 쓰지 않았다.

"자, 끝났으면 앞으로 가져오세요."

라파엘이 주의를 상기시키자 완성품들이 테이블로 모이기 시작했다.

"먼저 향부터 확인할까요? 이 세 가지 에센스가 뭐였죠?"

"재스민, 수선화, 등나무꽃요."

학생들이 합창을 한다.

"뭐가 제일 어려웠나요?"

"등나무꽃요."

"수선화도 어려웠어요."

"좋아요. 어려운 건 실습 끝난 후에 블로터로 연습하도록 하고… 플로럴만 나오니까 좀 당황했죠?"

"네."

"오늘 실습의 주제는 초기 향수의 향수(鄕愁)로 돌아가 보는 시간을 가져 보았습니다. 첨가제 없는 순수 향수 말입니다."

이슈에 대한 설명이 나오자 학생들이 필기에 돌입한다.

"불과 두 세기 전만 해도 향수는 그렇게 만들어졌지요. 자연에서 추출한 향 두어 개와 포도주 주정… 하지만 오늘날의 향수는 복잡다단한 사회 분위기처럼 복잡해졌습니다. 어떤 훌륭한 조향사라고 해도 공식을 보지 못하면 어떤 저급한 향수조차도 재현하기 어려운 상황이 되었으니까요."

"……."

"물론 기조제, 변조제, 조화제 등이 무조건 나쁘다는 게 아닙니다. 향수의 수요는 날마다 늘고 있고 그 많은 양의 꽃과 나무 식물 등을 조달할 방법은 없으니까요. 하지만 그래도 여러분들은 늘 초기의 자연 본위 조향 정신을 잊지 말았으면 해서 이런 기회를 가져 보았습니다."

"……."

"오늘 제시한 샘플 향의 피라미드 공식은 어떻게 파악했나요?"

"수선화, 등나무꽃, 재스민 순입니다."

F5가 먼저 포문을 열었다.

"다르게 조성한 스터디?"

라파엘이 묻자 엔젤로즈와 프란시스의 손이 올라간다. 순간 남경수가 강토네 옴니스와 우비강 체크에 나선다. 그 둘 중 누구도 손을 들지 않은 것이다.

"오늘 샘플은 재스민이 베이스노트를 맡은 게 맞습니다. 등나무꽃으로 바꾸어도 되었겠지만 지속성과 안정성을 고려한 구성이었죠. 화창한 봄날의 여운을 조금 더 오래 간직하고 싶었다고 할까요?"

"……."

"그럼 시향 할까요? 노트별 에센스 비율 구성은 시향 후에 공개하겠습니다."

스터디별로 테이블로 나온다. 언제나처럼 F5가 먼저고 옴니스가 라스트였다. 스터디별로 제출된 작품에 블로터를 적시고 삼삼오오 모여 의견을 나눈다.

"이게 더 나은데?"

"이건 거의 비슷해."

"아오, 다들 인간이 아니야."

여러 감상 속에서 블로터의 방향이 정해졌다. F5가 두 스터디의 지지를 받았다. 그런데… 우비강도 그랬다.

"와우."

희애와 유하, 경상 등이 펄쩍 뛰며 좋아한다.

남은 건 강토네 옴니스. 그 또한 두 표를 받으며 세 스터디가 동점을 이루었다.

"호오, 오늘은 막상막하로군요. 맞죠? 한국말로 막상막하?"

"네."

라파엘이 묻자 학생들이 답했다.

"그럼 F5와 우비강, 그리고 옴니스, 조향 포뮬러 공개하세요."

라파엘의 말과 함께 메모가 제출되었다.

「수선화 10 : 등나무꽃 40 : 재스민 50」.

F5의 포뮬러가 나왔다.

「수선화 15 : 등나무꽃 40 : 재스민 45」.

우비강이다.

강토네 옴니스는……

「수선화 15 : 등나무꽃 35 : 재스민 50」.

포뮬러의 차이는 크지 않았다. 이제 학생들의 시선은 라파엘에게 있었다. 그가 샘플 향수의 포뮬러를 대표 강은비에게 넘긴 것이다.

"샘플 포뮬러는……."

읽어 내려가던 강은비의 표정이 굳어 버렸다.

"수선화 15, 등나무꽃 35, 재스민 50……."

"옴마야."

상미가 얼굴을 감싸며 주저앉았다. 그녀가 배합한 공식이 나온 것이다.

"투표는 동점이지만 옴니스가 승자네요."

라파엘의 블로터가 강토네 작품 앞에 놓였다.

"축하해."

우비강의 멤버들이 몰려든다.

"너희도."

강토도 답례를 잊지 않는다.

"1학기 마지막 실습에서 대반전이로군요. 늘 헤매던 두 스터디가 유종의 미를 거두다니… 다들 박수 한번 보내 줄까요?"

라파엘이 먼저 박수를 친다. 다른 스터디들이 열렬 가세한다. 그래도 F5의 박수만은 뜨뜻미지근하게 들렸다.

"이렇게 한 학기, 여러분과의 행복한 시간이 끝났습니다. 톱노트에 수선화를 세운 의미, 여러분도 알 것 같습니다. 새 봄에 새 지평을 여는 순수에 농밀하고 달콤하면서도 몽환적인 등나무꽃, 거기에 재스민의 안정감을 더하면 우리 실습이 지나온 과정과도 통한다고 보았습니다. 여러분의 성장과정을 담은 한 편의 향 영상이라고 할까요?"

라파엘이 잠시 감상에 젖는다. 강토도 감상을 따라간다. 새 봄의 첫 실습. 수선화와 연결한다. 수선화는 나르시시즘과 연결된다. 후맹에 가까운 상황이었지만 극복하기를 바라던 무모한 소망. 강토의 나르시시즘이었다.

다행히 블랑쉬 덕분에 그걸 이루었다. 이후의 상황은 달콤한 등나무꽃의 몽환으로 이어진다. 그 몽환도 현실이 되었다. 이제는 재스민의 안정감이다. 어쩌면 라파엘은 지금 강토의 과정을 이야기하고 있는지도 몰랐다.

"여름방학 뜻깊게 보내시고요, 향수에 대해서나 조향 진로에 대해 의논할 게 있으면 언제든 찾아오시기 바랍니다."

"......"

"그럼 예고한 대로 향수장학금 수혜 스터디를 발표하겠습니다."

"와아."

라파엘이 말하자 모두가 기대감에 젖는다. 막강 기대감을 품은 스터디는 당연히 F5였다. 조향장학금을 받았다지만 이것과는 상관없었다. 게다가 남경수가 누군가? 실력도 최고지만 배경도 최고였다. 라파엘이 한국에 온 지도 2년 반. 작년에는 우비강 스터디의 생뚱발랄한 창의력에 점수를 주었지만 이제는 그도 대학의 현실을 알고 있었다.

한국의 대학들은 교육부의 평가에서 자유롭지 못했다. 이런저런 이유를 빌미로 지원금과 보조금이 걸려 있다. 그 칼자루를 쥐고 있는 고등교육 정책실장이 남경수의 아버지다. 조향학과 교수라면 모두가 아는 사실이었다.

더불어 어머니도 막강하다. 그녀 역시 식약처의 고위직으로, 향수 업계에 영향을 미치는 부서장으로 근무 중이다.

"이번 장학금은 무엇보다 팩트를 우선시했습니다. 실력과 잠재력 말입니다."

기준이 나오자 남경수가 소리 없이 고무된다. 올 A학점에 자타 공인의 조향학과 과 톱이다. 무려 4.5 만점에 4.46을 달리는 평균 학점이다. 이론에서는 강토가 우세하지만 그는 실습까지 좋았다. 이론에서 부족한 걸 상쇄하고도 남는 것이다.

멤버 강은비와 양을기 등은 이미 확신하는 눈치다. 웬만한 장학금은 싹쓸이하는 남경수기 때문이었다.

"그럼 발표합니다."

라파엘이 봉투를 열었다. 모두의 시선이 그 봉투에 꽂혔다.

"이번 향수장학금 수혜 스터디는⋯⋯."

『달빛 조향사』 3권에 계속⋯